新訳

ナルニア国物語6

魔術師のおい

C・S・ルイス
河合祥一郎＝訳

角川文庫
23596

The Chronicles of Narnia,
The Magician's Nephew
by C. S. Lewis 1955

目次

登場人物

ディゴリー
病気の母と、ロンドンの
アンドルーおじさんの家に引っ越す。

ポリー
ディゴリーの隣人の少女。気が強くて、
ディゴリーとよく張り合っている。

アンドルーおじさん
ディゴリーのおじで実は魔術師。
異世界へ行ける魔法の指輪を作った。

御者
ロンドンの馬車の御者。
馬思いのやさしい人。

ストロベリー
御者の馬。
好物は角砂糖。

ジェイディス
異世界の悪の女王。
第1巻で白の魔女として登場した。

お母さん
ディゴリーの母。
病気で余命わずか。

アスラン
最強の聖なるライオン。
ナルニアを創った。

レティおばさん
ディゴリーのおば。
アンドルーおじさんを怪しんでいる。

これまでの『ナルニア国物語』

イギリスの四人きょうだいルーシー、エドマンド、スーザン、ピーターは、古い洋服だんすを通りぬけて、異世界に迷いこむ。そこは怖ろしい白の魔女が支配する魔法の国ナルニアだった。四人は言葉を話す動物や妖精たちと力を合わせ、聖なるライオン《アスラン》に導かれて魔女を倒す。そして、ナルニアの王さま、女王さまとなり、平和をもたらした。

これからはじまるのは、ペベンシー家の四人きょうだいがナルニアに行くよりも、何十年も昔の物語である。

－新訳－

ナルニア国物語

6

魔術師のおい

第一章

出てくるところをまちがえた

これは、ずっと昔、みなさんのおじいさんが子どもだったころの話である。これを読めば、どのようにしてナルニア国と私たちの世界とのあいだの行き来がはじまったのかがわかるから、きわめて重要な話である。

そのころは、まだ名探偵シャーロック・ホームズがベイカー街に住んでおり、『宝探しの子どもたち』〔ネズビット作〕の話に出てくるバスタブル家の子どもたちがロンドンのルイシャム通りで宝物を探していた。当時は、男の子だったら毎日、名門イートン校風のかたいえり(カラー)のついた服を着て、今よりも行くのがつらかった学校へ通わねばならなかった。けれども、食べものはずっとおいしいし、お菓子なんてとても安くて、ほっぺたが落ちそうだったが、その話はよしておこう。みなさんの口によだれがあふれても、しかたない。そしてそのころ、ロンドンには、ポリー・プラマーという女の子が住んでいた。

この子は、家が何軒も横につながっている集合住宅(テラスド・ハウス)に住んでいた。ある朝、裏庭に出てみると、となりのうちの庭から、男の子が塀をよじのぼって、ひょいと顔を出した。それまで、となりに子どもなんていたためしがなかったので、ポリーはとてもびっくりした。となりにはケタリーさんという、年をとった独身の兄妹が住んでいただけのはずだった。ポリーは、だれかしらと思って、顔をあげた。見知らぬ少年の顔は、ひどくよごれていた。大泣きをして、泥んこいじりをしていた手で涙をぬぐったとしても、これ以上よごれないだろうというくらい、きたない顔だった。実際、その子は、まさにそうしたところだったのだ。

「こんにちは。」ポリーが言った。

「こんにちは。きみ、なんて名前？」と、男の子はたずねた。

「ポリーよ。あんたは？」

「ディゴリー。」

「あら、へんな名前ね！」

「ポリーほどへんじゃないさ。」

「へんよ。」

「へんじゃないってば。」

「とにかく、あたしは顔を洗ったけど、あんたもそうしたほうがいいわよ。とくにそんな――」

そこでポリーは口をつぐんだ。「そんなに泣きべそをかいたあとじゃ」と、言おうとしたのだが、そう言うのは失礼に思えたのだ。

「ああ、泣いてたさ。」ディゴリーは、みじめな気分の男の子がよくやるように、泣いていたことを知られてもかまうもんかというふうに、わざと大声を出して言った。「きみだって泣くだろうよ。小馬だって飼ってたし、お庭のはしには川が流れていた田舎にずっと住んでたっていうのに、こんなひどい穴ぐらに連れてこられたら。」

「ロンドンは穴ぐらじゃないわ。」ポリーは、むっとして言った。けれども、男の子はすっかり興奮していて、相手の言うことに耳を貸さずに、こうつづけた。

「それにお父さんが遠いインドに行っちゃって、おばさんと頭のおかしなおじさんと暮らすはめになって（そんなの、絶対嫌だろう？）――それっていうのも、おばさんたちに、お母さんの看病をしてもらわなくちゃいけないからで――お母さんが病気で、もうすぐ――もうすぐ――死んじゃうんだとしたら。」そう言うと、男の子の顔は、泣くまいとするときのように、おかしな顔になった。

「知らなかったのよ。ごめんね。」ポリーは、すなおにあやまった。そして、なんと言ってあげればよいかわからなかったので、楽しい話題に変えようと思って、こうたずねた。

「ケタリーさんって、本当に頭がおかしいの？」

「えっと、頭がおかしいんじゃないんだとしたら、なにか秘密があるんだと思う。おうちのいちばん上の屋根裏に書斎があって、そこにぼくはあがっちゃいけないって、レティおばさんが言うんだ。なんかあやしいだろ？　それにもうひとつある。食事のときに、おじさんは、ぼくになにか言おうとするんだけど――おじさんは、おばさんには話しかけようともしてないのに――そのたびに、おばさんにとめられるんだ。『この子のことは放っておきなさいな、アンドルー』とか、『ディゴリーはそんなことを聞きたがっちゃいないわよ』とか、『さあ、ディゴリー、お庭に出て遊んでらっしゃいな』なんて言うんだよ。」

「どんなことを話そうとしているの？」

「わかんない。話すとこまでいかないんだもん。それに、まだあるんだよ。ある晩――実は、ゆうべだったんだけど――寝に行くとちゅうに、屋根裏へ行く階段の前を通ったんだよ。（そんなところ、通りたくなかったんだけどさ。）そしたら、さけび声が聞こえたんだ。」

「ひょっとしたら、おかしくなった奥さんをそこに閉じこめているのかもね。」

「うん、ぼくもそう思った。」

「それとも、にせ金を造ってるとか。」

「『宝島』のはじめに出てくるみたいな海賊だったりしてね。昔の船乗り仲間からかくれてるんだ。」

「ゾクゾクしちゃうわね。あんたのおうちがそんなにおもしろいなんて、知らなかった。」

「きみにはおもしろいかもしれないけど、そんな家で寝起きしなきゃならないこっちの身にもなってみろよ。夜、眠れないでベッドで耳をすましていると、アンドルーおじさんが、こっちが寝てる部屋まで、廊下をギシギシいわせながらやってくるのが聞こえてきたら、どうだい？　それに、おじさんの目、こわいんだ。」

こうして、ポリーとディゴリーは出会ったのだ。それは夏休みのはじめで、その年ふたりは、海へ出かける予定もなかったため、毎日のように会った。

ふたりの冒険がはじまったのは、この夏が数年ぶりに雨が多くて寒い夏だったため、家のなかで遊ぶしかなかったからだ。ふたりは家のなかを探検してみることにした。大きな屋敷や、建物がつづく長屋だと、ちびたろうそくをともしながら、ずいぶん探検ができるものだ。ポリーは、ずっと前に、家の屋根裏の物置の奥に小さな戸口がついているのを見つけたことがあった。そこをあけてみると、その奥には貯水用のタンクが置かれたせまいスペースがあって、少し気をつけてタンクによじのぼると、タンクの裏側の暗い場所に入っていけた。長くせまいトンネルのようになっていて、一方には屋根裏部屋のレンガの外壁があり、反対側はななめの屋根の内側だ。屋根のスレート板のすきまから外光がかすかにさしこんでいる。このトンネルには床がなかった。梁がわたっているだけで、梁を伝って歩かねばならず、梁と梁のあいだには漆喰しかなかった。漆喰を踏んでしまうと、下の部屋の天井をつきやぶって落ちることになる。ポリーは、貯水タンクのわきのせまい場所を密輸業者の洞穴に見立てて遊んだことがある。古い荷箱やら、こわれた台所の椅子やらを持ちこんで、梁と梁のあいだにわたして、少し床があるようにしたのだ。ここに、いろいろな宝物を入れた金庫や、書きかけの物語のノートをかくした。りんごも何個か持ってきて食べたり、ここでジンジャーエールを瓶から飲んだりもした。古い瓶があると、ますます密輸業者の洞穴のように思えた。

ディゴリーは、この洞穴がすっかり気に入った。(ポリーは、自分が書いた物語をディゴリーに見せたりはしなかったが。)でも、もっとおもしろかったのは探検だった。

「ねえねえ」と、ディゴリーは言った。「このトンネルって、どこまでつづいてるのかな。きみの家のところで行き止まりかな?」

「そんなことないわ」と、ポリー。「この壁は、うちの天井がおわっても、ずっとつながってる。どこまでだか知らないけど。」

「じゃあ、長屋のはしまで行けるかもね。」

「かもね。そしたら、あら！」

「なんだい？」

「よそのおうちに入れちゃうわよ。」

「そうさ。で、どろぼうとまちがえられちゃうんだ！　そいつは、ごめんだね。」

「そうともかぎらないわ。ほら、あんたの家のむこうどなりのお宅だけどさ。」

「そこがどうかした？」

「そこって空き家なのよ。うちがここに引っ越してきたときからずっと空いたままだって、パパが言ってた。」

「じゃあ、見てみなきゃね。」ディゴリーは言った。その言い方からは想像もできないほど、ひどく興奮していた。もちろん、どうしてそんなにずっと空き家だったのかと、あれこれと考えていたのだ。ポリーも考えていた。「おばけが出る」とはあえて口にしなかった。ともかく探検してみようと言った以上、探検しないのは弱虫だと思えた。

「今すぐ行ってみるかい？」ディゴリーが言った。

「いいわよ」と、ポリー。

「嫌だったら、いいんだぜ。」

「あんたが行くなら、行くわ。」

「だけど、一軒むこうの家の上まで来たってどうやったらわかるかなあ？」

ふたりは、物置の奥のせまい場所にもどって、梁から梁まで何歩あるか測ってみることにした。それでひとつの部屋に梁が何本あるかがわかる。ポリーのおうちの屋根裏には物置のほかにお手伝いさんの寝室もあるので、お手伝いさんの寝室分として物置と同じだけの梁の数を数えた。それから、ふたつの部屋のあいだの通路分として四本の梁があるだろうと考えた。ぜんぶをたせば、家一軒分の長さが出る。それを二倍すればディゴリーの家のはしまで行けるはずだから、それより先にある戸をあければ、空き家の屋根裏部屋に出るはずだ。

「だけど、本当は空き家じゃないんじゃないかな。」ディゴリーが言った。

「じゃあ、なんなの？」

「こっそりだれかが住んでて、夜になると暗いランタンを持って出入りしてるのかもよ。恐ろしい犯罪者のギャングを見つけたら、報奨金をもらえるかもね。今までずっと空き家だったのに、なんの謎もないなんて、がっかりだよ。」

「パパは、下水がこわれてるせいじゃないかって言ってた。」ポリーは言った。

「へーんだ！　大人はいつだって、つまらない説明を考えるんだ。」

ふたりは、ろうそくがゆれる例の密輸業者の洞穴ではなく、昼間の光のなかで話をしていたので、空き家におばけが出る気はしなかった。

屋根裏の長さを測ってから、鉛筆で足し算をしてみた。最初、ふたりが出した答えはちがっていたが、同じ答えが出たときも、それが正しいかどうかわからなかった。ふたりとも探検をしたくて急いでいたからだ。

「音をたてちゃだめよ。」ふたたび貯水タンクの裏側へもぐりこみながら、ポリーが言った。とても大事な探検だったので、それぞれ一本ずつろうそくを手に持った。(ポリーは、自分の洞穴にろうそくをたくさんためていたのだ。)

とても暗くて、ほこりっぽくて、すきま風があったので、梁から梁へ歩くときはほとんどことばを交わさなかった。ただ、ときどき、「ここ、あんたのうちの屋根裏部屋の真横よ」とか、「ぼくん家の半分まで来たね」とか、ささやきあうだけだった。ふたりともころびもせず、ろうそくも消えずに、とうとう右手のレンガの壁に小さな戸口が見えるところまできた。もちろん戸口のこちら側には、鍵穴も取っ手もない。戸口は、むこうからあけるために作られていて、こちらから入っていくためのものではないからだ。けれども、戸棚の扉の内側によくついているような金具がついていて、それを回すことはできそうだった。

「あけてみようか。」

「あんたがいいなら、いいわよ。」ポリーは、さっきと同じように言った。ふたりとも、のっぴきならないところに来ていることを感じていたが、今さら、あともどりはできない。ディゴリーは少し苦労をして金具をぎゅっと押した。ドアがパッと開いて、急に日光がさしこんできて、ふたりは目をぱちくりさせた。おどろいたことに、ふたりの目の前にあるのは、がらんとした屋根裏ではなく、きちんと家具がそなえられた部屋だった。しかし、だれもいないようだ。しーんとしている。ポリーは、好奇心をおさえることができなかった。ろうそくを吹き消して、ネズミのように足音をたてずに、この見知らぬ部屋へ入っていった。

それはもちろん屋根裏の形をしていたが、居間のようなしつらえになっていた。どの壁にも棚が造りつけてあって、どの棚にも本がぎっしりならんでいた。暖炉には火が燃えていて（その年はとても寒い夏だったことをお忘れなく）、暖炉の前には、こちらに背をむけて、背もたれの高いひじかけ椅子があった。椅子とポリーとのあいだには大きなテーブルがあって、それで部屋のまんなかはほぼいっぱいになる感じだった。テーブルの上には、本や、本のようなノート、インク瓶やペン、封蠟（ふうろう）、顕微鏡など、いろいろなものが載っていた。

けれども、ポリーが最初に目をとめたのは、いくつかの指輪が載った真っ赤な木の盆だった。指輪は、ふたつずつならんでいた。黄色いのと、緑のとがあって、それから少し離れたところに、また黄色いのと緑の指輪がならんでいる。ふつうの指輪とかわらない大きさだったが、とても輝いていたので目についたのだった。こんなに美しく輝く小さなものはないだろう。ポリーがずっと幼かったら、口に入れてしまったかもしれない。

部屋はとても静かだったので、時計のチクタクという音にすぐ気がついた。けれども、かならずしもすっかり静かというわけでもない。かすかに――とてもかすかに、ブーンとうなるような音がする。もし電気掃除機がこのころ発明されていたら、どこか遠く、何階かずっと下の部屋で、掃除機をかけているのかなと思ったことだろう。でも、掃除機の音よりはすてきで、ちょっと音楽的だった。ただ、あまりにもかすかで、聞こえないほどだった。

「だいじょうぶよ。だれもいないわ。」ポリーは、肩越しにディゴリーに言った。もうささやき声より大きな声を出していた。ディゴリーが目をパチパチさせながら、ひどくよごれたようすで部屋に入ってきた。実は、ポリーもよごれていた。

「これは、まずいよ」と、ディゴリーが言った。「空き家なんかじゃないな。だれかがやってくる前にズラかろうぜ。」

「これ、なんだと思う?」ポリーは、色のついた指輪を指して言った。

「もう行こうぜ。早く行かなきゃ――」

ディゴリーは、最後まで言えなかった。そのとき、あることが起こったのだ。暖炉の前の背もたれの高い椅子が突然動いて、そこから――まるでお芝居で、舞台の下から悪魔が立ち上がってくるように――現れたのは、アンドルーおじさんのぎょっとするような姿だった。空き家どころではなかった。ふたりはディゴリーの家にいて、入ってはいけないと言われていた書斎に入っていたのだ。

「うわあ。」子どもたちは、とんでもないまちがいをしでかしたことに気づいた。トンネルのなかを進む距離がぜんぜんたりていなかったのだと、もっと早くに気づくべきだった。

アンドルーおじさんは、背が高くて、とてもやせていた。きれいにひげをそった長い顔をして、とんがった鼻と、妙にキラキラした目をして、くしゃくしゃの白髪頭だった。

ディゴリーはしばらく口がきけなかった。アンドルーおじさんがいつもの一千倍も異様なようすだったからだ。ポリーは、最初のうちはそれほどこわがってはいなかったが、急にこわくなってきた。というのも、アンドルーおじさんはさっと部屋のドアに近づくと、ドアを閉めて鍵をかけてしまったからだ。それからふりむいて、明るい目で子どもたちをじっと見つめ、歯を見せて笑いかけた。

「さあ！　これでばかな妹も、手出しできないぞ！」

それは、まともな大人がやることとは、まったく思えなかった。ポリーの心臓は、飛びあがるほどドキドキして、自分たちが入ってきた小さな戸口のほうへ、ディゴリーといっしょにあとずさりしはじめた。アンドルーおじさんは、すばやくふたりの背後にまわると、その戸口も閉め、その前に立ちはだかった。それから手をもみあわせると、指をポキポキと鳴らした。とても長くて美しい白い指をしていた。

「お会いできて光栄だ。子どもがふたりとは、まさにおあつらえむきだ。」

「どうか、ケタリーさん。」ポリーは言った。「もうお昼の時間なので、おうちに帰らなければなりません。帰していただけますか。」

「まだだめだよ」と、アンドルーおじさんは言った。「こんなめったにない機会は逃すわけにはいかない。子どもがふたりほしかったんだ。わしは、今すごい実験をしている最中で、モルモットでやってみたら、うまくいったようでね。だが、モルモットじゃ、なにも教えてくれん。それにモルモットじゃ、帰りかたを教えてやるわけにもいかん。」

「あのう、アンドルーおじさん」と、ディゴリーは言った。「本当にお昼の時間ですから、すぐにも、うちの人たちがぼくらを探しに来ると思うんです。帰してくださらなきゃ、だめです。」

「だめだと?」と、アンドルーおじさんは言った。

ディゴリーとポリーは、チラリと目と目を見交わした。ふたりはなにも言えなかったが、目で伝え合ったのは、「これってひどくない?」と「なんとか説きふせなきゃ」

ということだった。

「今、お昼に行かせてくださったら、お昼のあとで、もどってきますから。」ポリーは言った。

「ほう。だが、どうしてもどってくるとわかるかな？」おじさんはニヤリと笑った。それから考えを変えたようだった。

「まあ、よろしい。もし本当に行かなければならないなら、行ってもよろしい。きみたちのような若者ふたりが、わしのようなじいさんと話をしていても、たいしておもしろくもなかろうからね。」おじさんは、ため息をついた。「わしが、ときどきどんなにさびしいか想像もつかんだろう。だが、かまわん。お昼を食べに行きなさい。ただ、行く前にプレゼントをあげよう。わしのうすぎたない古い書斎に女の子が来てくれるなんてのは、めったにないことだからね。とくに、そう言ってもよければ、きみのような、とても魅力的な若いご婦人がね。」

ポリーは、この人の頭がおかしいなんていううわさは、まちがっていたんじゃないかしらと思いはじめた。

「指輪は、いかがかな。」アンドルーおじさんは、ポリーに言った。

「その黄色や緑色の指輪のことですか。まあ、なんてすてき！」

「緑は、だめだ」と、おじさん。「緑の指輪はあげられない。だが、黄色いのなら、ひとつさしあげよう。愛をこめて。さ、ひとつ、はめてごらん。」

ポリーは、こわいのをすっかり忘れて、この年老いた紳士の頭がおかしいはずがないと確信した。それに、輝く指輪にも、どこか不思議に魅力的なところがあった。ポリーは、盆に近づいた。

「まあ、あのブンブンいう音が、ここだと、大きくなるわ。指輪から聞こえるみたい。」

「おもしろいことを考えるね。」おじさんは笑って言った。とても自然な笑いのようだったが、その顔に、切望するような、貪欲(どんよく)な表情が浮かぶのをディゴリーは見逃さなかった。

「ポリー！　ばかなことをするな。」ディゴリーはさけんだ。「さわっちゃ、ダメだ。」

おそすぎた。ディゴリーがそう言ったまさにそのとき、ポリーの手が指輪のひとつにふれたのだ。たちまちなにかが光るでもなく、音がするでもなく、なんの前ぶれもなく、すっと、ポリーは消えた。部屋には、ディゴリーとおじさんだけになった。

第二章

ディゴリーとおじさん

あまりにも突然で、悪夢でも見たことがないほどおそろしいことが起きたので、ディゴリーは悲鳴をあげた。さっと、おじさんの手がその口を押さえた。

「よせ！」おじさんは、ディゴリーの耳もとでささやいた。「さわぐと、おまえの母さんに聞こえちまうぞ。お母さんをこわがらせたら、病状が悪化するだろう。」

ディゴリーがあとで語ったところによれば、こんなふうにして相手をだまらせるひきょうなやりかたには胸が悪くなったそうだ。しかし、もちろん、ディゴリーは二度と悲鳴をあげなかった。

「それでよろしい。」おじさんは言った。「まぁ、しょうがないな。初めてだれかが消えるのを見ればショックだからね。わしだって、このあいだモルモットが消えたときは、そうだった。」

「あの晩のさけび声は、おじさんだったんですね。」ディゴリーは、たずねた。

「おや、あれを聞いたのかね？　わしをスパイしていたんじゃないといいがな。」

「してませんよ、そんなこと。」ディゴリーは怒って言った。「でも、ポリーはどうなったんです？」

「お祝いを言ってくれたまえ。」おじさんは、両手をもみあわせた。「実験は成功だ。あの子は消えた――この世から出ていったんだ。」

「なにをしたんです。」

「送りこんだんだ――そのぅ――別の世界へ。」

「どういうことです？」

アンドルーおじさんは椅子に腰かけて、こう言った。「よろしい。すっかり話そうじゃないか。ミセス・レフェイというおばさんのことを聞いたことがあるかね。」

「大おばさんじゃなかったかな。」

「正確にはちがう」と、おじさん。「わしの名づけ親だ。あの壁にかかっている人だよ。」

見あげると、色あせた写真があり、婦人帽(ボンネット)をかぶったおばあさんの顔が写っていた。そういえば、田舎の別荘の古い引き出しに、この人の顔写真があったのを思い出した。お母さんに「だれなの？」とたずねると、お母さんはあまり話したくないようだった。あまりすてきな顔ではないとディゴリーは思ったが、そんな古い写真では、はっきりしたことはわからないものだ。

「この人、どこかへんだったんじゃありませんか、アンドルーおじさん？」

「そいつは、へんということばの意味次第だな。」おじさんはクックッと笑いながら言った。「世間の人の心はせまいからね。たしかに晩年は、かなり異様になっていた。とてもおろかなことをしでかした。だから、閉じこめられていたんだ。」

「施設にですか？」

「いやいや。」おじさんは、おどろいたような声を出した。「そんなんじゃない。ただの牢屋（ろうや）だ。」

「うわあ！　なにをしたんですか？」

「ああ、かわいそうな人だ。判断力がなくなったんだ。いろいろなことをやってしまった。だが、それをくわしく話す必要はない。わしには、いつもやさしくしてくださった。」

「でも、それがいったいポリーとなんの関係があるんです。どうか、ポリーを――」

「今教えてやるから、待ちたまえ、ディゴリー。ミセス・レフェイは、死ぬ前に牢屋から出された。わしは、病気のあの人に会うことを許された数少ない人間のひとりだった。あの人はふつうの無知な人が嫌いでね。わしもそうだが。あの人とわしは、同じようなものに興味を持った。亡くなるつい数日前のことだったが、あの人は、わしに、あの人の家の古い机の秘密の引き出しをあけて、そこにある小箱を持ってくるようにと言ったんだ。その箱をつかんだとき、指がむずむずして、箱のなかにすごい秘密があるとわかった。あの人は、わしを信頼して、自分が死んだらすぐ、それをあけずに、ある儀式をして燃やす約束をさせた。その約束をわしは守らなかった。」

「それって、ひどいじゃないですか。」

「ひどいだと？」おじさんは、わけがわからないという表情を浮かべた。「ああ、なるほど。子どもは約束を守らなければいけないということだね。まったくもって正しい。きみがそのように教えられているのは、よろこばしいことだよ。だが、もちろん、この手の規則は、子どもとか召し使いとか女性、いや一般の人にはとても大切なことだが、深遠なる研究をしている者や、大いなる思想家や賢者には当てはまらないということを理解しなければならんよ。いや、ディゴリー、わしのように、かくれた知恵をもつ人間には、ふつうの規則は当てはまらないんだ。ふつうのよろこびがわれわれに当てはまらないように。われわれは、高尚にして孤独な運命をたどるのだ。」

そう言うと、おじさんはため息をついて、とても真剣で、高貴で、謎めいた顔つきになり、一瞬ディゴリーには、おじさんがとてもよいことを言っているかのように思えてしまった。けれども、ポリーが消えるときにおじさんの顔に浮かんだ嫌らしい表情を思い出すと、すぐに、おじさんのえらそうなことばの本当の意味がわかった。

「要するに、自分なら、なんだってやりたいようにやっていいっていうことじゃないか。」ディゴリーは思った。

「もちろん」と、おじさんは言った。「長いあいだ、その箱をあけてみようとはしなかった。かなり危険なものが入っているかもしれないと、わかっていたからね。わしの名づけ親であるミセス・レフェイは、とてもすごい女性だった。実のところ、この国で妖精の血をひいている最後の人間の生き残りだったんだ。（おばさんによれば、当時ほかにふたりいたという話だが、ひとりは公爵夫人で、もうひとりはそうじのおばさんだったそうだ。）実のところ、ディゴリー、おまえが今話している相手は、妖精の名づけ親をもつ最後の男なのだよ、おそらくはね。どうだ！　おまえが年をとったら、こいつはちょっとした思い出話になるだろう。」

「悪い妖精だったにちがいない」とディゴリーは考え、それから声に出してこう言った。「だけど、ポリーのことはどうなったの？」

「そればかり言うな！　まるでそいつが一大事だと言わんばかりじゃないか！　わしの最初の仕事は、もちろん、箱そのものを調べることだった。とても古い箱だった。ギリシアのものでもなければ、古代エジプトのものでも、バビロニアのものでも、ヒッタイトのものでも、中国のものでもないことは、最初からわかっていた。もっとずっと古いものだ。そして、とうとう真実がわかる日がきた。ああ――あれは、すばらしい日だった。その箱は、失われたアトランティス大陸で作られたものだったのだ。

つまり、ヨーロッパで発掘されている石器時代の遺物よりも何世紀も古いことになる。しかも、石器時代の遺物のような雑で粗末なものではない。というのも、歴史の夜明けにあったアトランティスは、宮殿や寺院が建ちならび、学者が住んでいた巨大な都市だったからね。」

おじさんは、まるでディゴリーがなにかを言うのを待つかのように、しばらく口をつぐんだ。けれども、ディゴリーは、どんどんおじさんが嫌いになってきたので、なにも言わなかった。

「いっぽう」と、おじさんはつづけた。「わしは別の方法で魔術一般についてかなり学んでいた。（子どもには教えられないような方法だ。）そうしてわしは、その箱になにが入っているのかつきとめようとしていた。さまざまな実験をして可能性をせばめていった。悪魔のような不思議な人たちと知りあわねばならなくなり、嫌な経験もした。それで、こんな白髪頭になったのだ。魔術師になるには、代償を払わなければならぬ。最後には、体までこわしてしまったが、それも快復した。そしてついに、わかったのだ。」

だれかが立ち聞きをしていることなどおよそ考えられないにもかかわらず、おじさんは前かがみになって、ささやかんばかりに言った。

「アトランティスの箱には、われわれの世界がはじまったばかりのときに、別の世界から持ってこられたものが入っていたのだ。」

「なんですか？」ディゴリーは、思わず興味を覚えて、たずねた。

「ただの土だ。」アンドルーおじさんは言った。「乾いた、さらさらの土だ。見た目はなんのへんてつもない。人生をかけてこれっぽっちかと言えるようなしろもんだ。しかしな、その土を見たとき（わしは、さわらないように、とても気をつけていた）、わしは、思ったんだ。その一粒一粒が別の世界からやってきた、とね——別の惑星ではないぞ。惑星はわれわれの世界の一部であり、十分な距離を進めば到着できる——そうではなく、まったく別の世界、ほかの自然、ほかの宇宙だ。銀河系のなかをどんなにずっと旅しても決して届かないところ、魔法でしか行けない世界だ。さあて！」ここでおじさんは、花火のようにバキバキと音がするまで両手をもみあわせた。

「わしには、わかっていた。」おじさんは話をつづけた。「この土を正しい形にしさえすれば、それがもといた場所にわれわれを連れていってくれると。ただ、むずかしいのは、正しい形にすることだ。初期の実験には、すべて失敗した。わしは、モルモットに試してみた。何匹かは、ただ死んでしまった。何匹かは、爆弾のように爆発した。」

「そんなの残酷すぎます。」かつて自分もモルモットを飼っていたディゴリーは言った。

「また、つまらんことばかり言う。動物というのは、そういうことをするためにあるんだ。わしは自分で金を払って買ったんだ。ええっと、どこまで話したかな。ああ、そうだ。ついにわしはその砂で指輪を作ることに成功した。黄色の指輪だ。しかし、こんどは新たな問題が出てきた。黄色の指輪にさわらせれば、どんな生き物も別の場所に送りこめることはわかったんだが、そいつがもどってきて、そこになにがあったのかを教えてくれなければ、意味がないということだ。」

「送りこんだ生き物はどうなるんです」と、ディゴリー。「もどってこられなかったら、ひどいことになるんじゃありませんか？」

「きみはいつもまちがった見方をするな。」おじさんは、いらいらした表情で言った。「わからないのかね。これは偉大なる実験なんだ。だれかを別の場所に送るのは、そこがどうなってるかを知りたいからだ。」

「じゃあ、自分で行ったらどうですか。」

ディゴリーは、この素朴な質問に対してこれほどおどろいて怒った人を見たことがなかった。

「わしが？　わしがだと？」おじさんは、さけんだ。「この子は、頭がどうかしているぞ。こんなに年をとって、体も弱っているというのに、別の世界へ飛びこむ危険とショックに耐えられるとでも言うのか。こんな、とんでもない話は聞いたことがない。

おまえ、自分がなにを言ってるかわかっているのか。別世界がどういうところか、考えてもみろ。なにに会うかもわからないんだぞ。なにが出てくるかも。」

「それで、ポリーを送りこんだってわけですね。」ディゴリーのほおは、怒りで真っ赤になっていた。「たとえ、ぼくのおじさんだとしても、自分が行くのがこわいところに女の子を送りこんだりするなんて、とんでもないひきょう者だ。」

「だまりなさい！」アンドルーおじさんは、テーブルをドンとたたいて言った。「小さな、きたない子どもに、そんな口をきかれる筋合いはない。おまえにはわかっておらんのだ。わしは、偉大な学者であり、魔術師であり、実験をしているその道のプロなんだ。もちろん、実験をつづけるために被験者は必要だ。まさかモルモットを送る前にモルモットに許可を求める必要があったなどとぬかしたりはしないだろうな。偉大なる知恵は、犠牲なしに手に入らない。だが、わし自身が行くなどということは、ばかげている。まるで将軍に一兵卒のように戦えというようなものだ。万一わしが死んだら、生涯をかけた実験はどうなるというのだ？」

「ぺらぺらしゃべってないで、ポリーを連れもどしたらどうなんだ？」

「おまえが無礼にも話の腰を折ったときにわしが言おうとしていたのは、わしはついに帰ってくる方法を見つけたということだ。緑の指輪で帰ってくることができる。」

「だけど、ポリーは緑の指輪を持ってないよ。」

「そうだ。」おじさんは残酷な笑みを浮かべた。

「じゃあ、もどってこられないじゃないか。」ディゴリーは、さけんだ。「それじゃ、ポリーを殺したも同然だ。」

「あの子はもどってこられる。だれかが黄色い指輪をつけて、自分とあの子がもどってこられるように緑の指輪をふたつ持って行けばね。」

このとき、もちろんディゴリーは、自分がどんな罠にはめられたのかわかった。口をぽかんとあけ、おじさんをにらみつけたまま、なにも言わなかった。ほおは、真っ青になっていた。

やがて、アンドルーおじさんは、まるでとてもよいことを教えてやって、りっぱな忠告をしてやるりっぱなおじさんであるかのように、えらそうに声を張りあげた。

「ディゴリー、きみはまさか怖気づいたりせんだろうね。わが一族の者が、こまっている女性を助けに行かないような名誉と騎士道精神に欠ける者であっては、とても残念に思うよ。」

「うるさい！」ディゴリーは言った。「おじさんに名誉とかそういうのがあれば、自分で行くはずだろう。だけど、もちろん行く気なんかないんだ。わかったよ。ぼくが行かなきゃいけないんだろ。おじさんはひどいぞ。ぜんぶ計画してたんだな。なにも知らないポリーを行かせて、それからぼくに追いかけさせようというんだ。」

「そのとおり。」おじさんは、例の嫌らしい笑みを浮かべた。

「わかった。行くよ。だけど、まず言っておきたい。ぼくは、今まで魔法なんて信じちゃいなかった。今それが本物だとわかった。だとすると、昔のおとぎ話は、少しは本当なのかもしれない。それから、おじさんはそういう話に出てくる、いじわるで残酷な魔法使いそっくりだ。そういった連中は、最後にひどい目にあうんだ。おじさんもそうなるぞ。いい気味だ。」

ディゴリーが口にしたことで、このことが初めておじさんの胸をついたようだった。ぎくりとしたおじさんの顔に、ものすごい恐怖の表情が浮かんだ。あまりにもおびえた顔だったので、こんな悪い人でも、かわいそうに思えるほどだった。ところが、瞬時にして、その表情は消え、かなり無理をした笑い声をたてておじさんはこう言った。

「いやはや、子どもの考えそうなことだ。どうせ女にかこまれて育ったんだろう。おとぎ話だと？　わしがどんな目にあうかなど、心配せんでもよろしい、ディゴリー。おまえの小さな友だちがどんな目にあっているかを心配したほうがよくはないか。いなくなってからもうずいぶんたつぞ。むこうの世界で危険があるなら、手おくれにならないうちに行ったほうがよかろう。」

「よけいなお世話だ。」ディゴリーは、激しい口調で言った。「おじさんのおしゃべりには、うんざりだ。ぼくにどうしろというんだ？」

「そうかっかするもんじゃない。」おじさんは、冷ややかに言った。「レティおばさんのようなおこりんぼになっちまうぞ。さあ、聞きなさい。」

おじさんは立ち上がり、手袋をはめて、指輪の入っている盆のところへ行った。

「肌にふれたときだけ魔法は起こる。手袋をはめていれば、持ちあげてもだいじょうぶだ――こういうふうにね――ほら、なにも起こらない。ポケットのなかに入れておいても、だいじょうぶだ。だが、ポケットに手をつっこんで、うっかりさわったりしないように気をつけなければならん。黄色の指輪にさわったとたん、この世界から消えてしまう。むこうの世界にいるときは――もちろんまだ試していないから、わしの予想にすぎんが――緑の指輪にふれたとたん、むこうの世界をぬけ出して――わしの予想では――この世界にもどってくるのだ。さあ、この緑の指輪ふたつを取って、右側のポケットに入れなさい。どちらのポケットに緑のを入れたかちゃんと覚えておくんだぞ。緑の『み』と、右の『み』。わかるね。『み』ではじまる右側に緑の指輪が入っている。ひとつはきみ、ひとつはあの子の分だ。こんどは、黄色い指輪を取りたまえ。わしだったら、指にはめるね。そうすれば落とす心配はないから。」

ディゴリーは、黄色い指輪を取ろうとして、ふいにやめた。

「ちょっと待って。お母さんはどうなるの？　ぼくがどこに行ったかとお母さんに聞かれたら、なんて答えるつもりです？」

「急いで行けば、急いでもどってこられるさ。」おじさんは陽気に言った。

「だけど、ぼくがもどってこられるかどうか、本当はわからないんでしょ。」

おじさんは肩をすくめ、ドアのところへ歩いていき、鍵(かぎ)をはずし、ドアを開け放って言った。

「それでは好きにするがいい。おりていって、お昼を食べなさい。あの女の子は別の世界で野獣に食われるか、おぼれるか、飢えるか、永久に行方不明になるかするだろう。もしきみが、そのほうがいいと言うのなら、わしはどちらでもかまわんよ。ただ、お茶の時間になる前にプラマーさんのところへ行って、娘さんには二度と会えませんよと説明してあげたほうがいいだろうね。きみが指輪をはめるのをこわがったから、とね。」

「ちくしょう」と、ディゴリーは言った。「ぼくが、おじさんの頭を一発ぶんなぐれるほど大きかったらよかったのに！」

それから、ディゴリーは、上着のボタンをすべてはめ、深く息を吸ってから、指輪をつまみあげた。そのときも思い、あとで思い返すたびにも考えたことだが、そうするよりほかなかったのだ。

第三章

ふたつの世界のあいだの森

あっという間に、アンドルーおじさんと書斎が消えた。それから、一瞬なにもかもごちゃごちゃになった。つぎに、ディゴリーにわかったのは、上のほうから、ひと筋のやわらかな緑色の光がさしこんでいて、下のほうは暗くなっているということだった。なにかの上に立っているようには感じられず、すわっているわけでも、横になっているわけでもない。なにかにふれている感じがしない。

「きっと水のなかにいるんだ。それとも、水の下にいるのか。」

そう思うと、一瞬こわくなったが、すぐに自分が勢いよく上にあがっている感じがした。それから顔が空中に出て、気がつくと、夢中で岸に這いあがっているところだった。あがったところは、池のはしのやわらかい草の生えた地面だ。

立ちあがってみると、水から出てきたときのように水がしたたり落ちたり、息が切れたりはしていなかった。服は完璧に乾いていた。立っていたのは、はしからはしまで三メートルもないような小さな池のはしで、あたりは森だった。木々は密集して生え、葉が生いしげっていたので、空がまったく見えない。光は葉のすきまからこぼれてくる緑の光だけだったが、とても明るくて温かい光だったので、上にある日ざしが強かったにちがいない。これほど静かな森は考えられない。鳥もいなければ、虫もおらず、動物もいなければ、風も吹いていない。木々が生長しているのが感じられるほどだった。ディゴリーが出てきた池のほかにも池があった。何十もある。見わたすかぎり、数メートルおきに池があるのだ。木々がその根っこで水を吸っているのがわかる気がした。この森は、とても生き生きとしていた。あとでこの森を説明しようとすると、いつもディゴリーは言った。フルーツケーキみたいにこってりしていたゆたかな場所だったと。

実に奇妙だったのは、あたりを見わたす前から、ディゴリーはどうやって自分がここに来たのか忘れかけていたことだった。とにかくポリーのことを考えてもいなければ、アンドルーおじさんのことも、お母さんのことさえも忘れていた。ちっともこわいとか、わくわくするとか、知りたいとか思う気持ちがなかった。だれかから、「どこから来たの？」とたずねられたら、おそらく「ぼくは、ずっとここにいたよ」と答えたことだろう。そんな気がした。まるでずっとそこにいて、なにも起こらないのに退屈しないかのように。ずっとあとで、ディゴリーが言ったように、「そこは、なにかが起こる場所じゃない。木々が育ちつづけている、それだけ」なのだった。

長いあいだ、森を見つめたあとで、二、三メートル先の木の根もとに女の子があおむけに横になっているのが見えた。目は、眠っているのと起きているのとのあいだのように、なかば開いている。ディゴリーは、じっと女の子を見つめたまま、なにも言わなかった。すると、その子は目をあけて、長いことディゴリーを見ていたが、やはりなにも言わなかった。それから、夢を見るような満足した調子で、こう言った。

「前に会ったことがあるわね。」

「ぼくもそう思う。ここにずっといるの？」

「ええ、ずっと」と、女の子は言った。「少なくとも――よくわからないけど、とても長いあいだ。」

「ぼくもそうだよ」と、ディゴリー。

「あなたはちがうわよ。その池から出てくるの、あたし見てたもの。」

「ああ、そうかもしれない。」ディゴリーは、こまったようすで言った。「忘れちゃった。」

それから、かなり長いあいだ、ふたりともなにも言わなかった。

「ねえ。」やがて、少女が言った。「あたしたち、本当は前に会ったことがあるんじゃないかしら。なんだか、ぼんやりと思うのよ。あたしたちみたいな男の子と女の子が、どこかずっとちがう場所で、いろんなことをしてたような気がする。たぶん、ただの夢ね。」

「ぼくも同じ夢を見たと思うよ。男の子と女の子がとなりどうしのうちに住んでて――それで、天井の梁(はり)を伝って歩いたりしてた。ぼく、その女の子がよごれた顔してたの、覚えてる。」

「なにかとごっちゃにしてない？　あたしの夢では、顔がよごれてたのは男の子よ。」

「男の子の顔は覚えてないなあ。」ディゴリーは、それからこうつけくわえた。「おや！　あれはなんだ？」

「まあ、モルモットだわ。」女の子は言った。それは、草に鼻をつっこんで動きまわっている太ったモルモットだった。ただ、体のまんなかあたりにリボンがついていて、そのリボンにぐっついていたのは、きらきら光る黄色の指輪だった。

「見て！　見てよ」と、ディゴリーがさけんだ。「指輪だ！　それに、ごらんよ！　きみも指にはめてる。ぼくもだ。」

女の子はついに興味をもって、身を起こしてすわった。ふたりは、一所懸命、おたがいを見つめ、思い出そうとしていた。それからちょうど同じ瞬間に、女の子は「ケタリーさんよ！」とさけび、男の子は「アンドルーおじさんだ！」とさけび、ふたりは自分たちが何者であるかがわかって、すっかり思い出しはじめた。数分がんばって話をして、なにもかもはっきりした。ディゴリーは、アンドルーおじさんがどんなにひどい人だったかを説明した。

「これから、どうする？」ポリーは言った。「モルモットを連れて家に帰る？」

「急ぐことはないさ。」ディゴリーは、大きなあくびをした。

「急いだほうがいいわ。ここ、静かすぎる。なんだかとっても――とっても夢みたい。あんた、もう寝そうじゃない。いったん眠っちゃったら、横になって永遠に眠りつづけるかも。」

「ここはとてもすてきだよ」と、ディゴリー。

「そうね」と、ポリー。「だけど、帰らなくちゃ。」ポリーは立ち上がって、注意深くモルモットのほうへ歩き出した。けれども、そのとき考えを変えた。

「この子はここに置いてってもいいかも。なんだかすごく楽しそうにしているし、連れて帰っても、おじさんにひどい目にあわされるだけだもの。」

「そうだね。」ディゴリーは答えた。「ぼくたちにこんなことをしたんだもんね。ところで、ぼくらはどうやって家に帰るの？」

「あの池のなかへもどるんじゃないの？」

ふたりは池のはしに立って、澄んだ水を見つめた。一面に緑の葉や枝が映っていたので、池がとても深く見えた。

「水着なんか持ってきてないわよ。」

「そんなの、要らないよ。ばかだな。服を着たまま入るんだよ。出てきたとき、ぬれてなかったの、覚えてない？」

「あんた、泳げるの？」

「少しはね。きみは？」

「泳げない。」

「泳がなくてもいいと思うよ。下へしずんで行くだけだろ？」

ふたりとも、この池に飛びこむなんて嫌だと思っていたが、おたがいにそうは言わなかった。ふたりは手に手をとって、「一、二の、三――それ！」と言って、ジャンプした。大きな水しぶきがあがって、もちろんふたりは目をつぶった。ところが、目をあけてみると、ふたりはまだ手に手をとって緑の森のなかにいて、くるぶしほども水につからずに立ったままだった。池はどうやら五センチほどの深さだったようだ。ふたりは、バシャバシャと水をけちらしながら、乾いたところにもどってきた。

「どうしてうまくいかなかったのかしら。」ポリーがおびえた声で言った。と言っても、この森で本当におびえることはできなかったので、そんなにおびえていたわけではない。それほど、のんびりしたところだったのだ。

「あ！　そうだ」と、ディゴリーは言った。「うまくいくはずないよ。ぼくら、まだ黄色の指輪をつけてるもん。こいつは、ここに来るためのものなんだ。緑のが、おうちに帰るほうだ。指輪を替えなくちゃ。きみ、ポケットついてる？　よし。きみの黄色の指輪を左側のポケットに入れるよ。ぼくが緑のをふたつ持ってる。これがきみのだ。」

ふたりは緑の指輪をはめて、池にもどってきた。ところが、もう一度飛びこもうとする前に、ディゴリーが「うわあ」と長くさけんだ。

「どうしたの？」

「すごいこと思いついちゃった。ほかの池はどうかな？」

「どういうことよ？」

「この池に飛びこんでぼくたちの世界にもどれるなら、ほかの池に飛びこんだら別のとこに行けるんじゃないかな。どの池にも、世界があるとしたら。」

「だけど、あたしたち、あんたのアンドルーおじさんが言う《別世界》だか《別の場所》だか、そういうところに来てるわけでしょ。あんた、言ってたじゃない――」

「おじさんのことはどうでもいいよ。」ディゴリーは、口をはさんだ。「あの人はなにもわかっちゃいないさ。ここに自分でやってくる勇気さえなかったんだ。おじさんは、あるひとつの別世界のことしか言ってなかったけど、ほかにもたくさんあるんだとしたら？」

「つまり、この森はそのひとつだってこと？」

「いや、この森は世界なんかじゃないと思うよ。ここは多分、とちゅうの場所だ。」

ポリーは、わからないという顔をした。

「わからないかな？　いや、よく聞いて。ぼくらのおうちの屋根の下にトンネルがあっただろ。あれは、どのおうちの部屋でもない。言ってみれば、あれはどの家の部分でもないんだ。でも、いったんトンネルに入れば、そこを通って、下にならんだ家に入ることもできる。この森も同じなんじゃないかな。どの世界の一部でもないけれど、いったんここに来れば、どこにでも行ける場所なんだよ。」

「でも、そうだとしても――」と、ポリーが言いかけたが、ディゴリーはまるで聞こえなかったかのように話をつづけた。

「それでなにもかも説明がつくよ。ここがとっても静かで眠たい場所なのも、そのせいだよ。ここではなにも起こらないからね。ぼくらのおうちと同じだよ。人が話したり、なにかしたり、ごはんを食べたりするのは家のなかだ。壁のうしろとか、天井裏とか、床下とか、ぼくらのトンネルのような《あいだの場所》では、なにも起こらないんだ。だけど、そのトンネルから出ていけば、どこの家へも行くことができる。この場所から出れば、どこへでも行けるんだと思うよ！　ぼくらが出てきたあの池に飛びこむ必要もないんだよ、今はまだ。」

「世界のあいだの森ってことね。」ポリーは夢見るように言った。「なんだかすてき。」

「やってみようよ。どの池を試してみようか。」

「もとの池でおうちにもどれることがわかるまでは、新しい池を試したくはないわ。まだ、うまくいくかどうかわからないじゃない。」

「うまくいくさ。もどったらおじさんに指輪を取りあげられてしまって、お楽しみもふいになるよ。そんなのはごめんだね。」

「もとにもどる池のとちゅうまで行ってみない？　うまくいくかどうか、たしかめるだけよ。うまくいくとわかったら、とちゅうで指輪を替えて、ケタリーさんの書斎に本当にもどっちゃう前にこっちに帰ってくればいいじゃない。」

「とちゅうまでなんてできるかな。」

「ここに来るまで時間がかかったわよ。もどるのにも、少しはかかるでしょう。」

ディゴリーはこれに賛成するのに、かなりああだこうだ言ったが、ポリーがもとの世界へもどれることをたしかめるまでは新しい世界の探検に行くのを絶対に嫌がったので、最後には折れなければならなかった。ポリーは、たいていの危険（たとえばクマンバチとか）に対しては、ディゴリーに負けないくらい勇敢だったのだが、前代未聞のものを発見することにはあまり興味をもっていなかったのだった。ディゴリーは、なにもかも知りたがるたちで、大きくなると有名な教授となった。このシリーズの別の本〔『ライオンと魔女と洋服だんす』〕に登場する有名なカーク教授なのである。

かなりいろいろと言い合ったあと、ポリーは、ディゴリーといっしょに緑の指輪をつけることに同意した。（「緑は進めだよ」と、ディゴリーは言った。「だから、どっちがどっちか、忘れることはないよ」と。）ふたりは、手をつないでジャンプした。けれども、ふたりがアンドルーおじさんの書斎に着きそうになったら、あるいは自分たちの世界に着きそうになったら、そのとたんにポリーが「替えて」とさけび、ふたりは緑の指輪をはずして黄色のをはめることにした。ディゴリーは自分が最初に「替えて」とさけぶ役をしたかったのだが、ポリーは認めなかった。

　ふたりは緑の指輪をつけて、手をつなぎ、もう一度「一、二の、三――それ！」と、さけんでジャンプした。こんどはうまくいった。それがどんな感じがするのかを説明するのはとてもむずかしいことだ。なにもかもあっというまだからだ。最初、明るい光が暗い空でうごめいている。ディゴリーは、それが星で、かなり近くに木星さえ見えるほどだったと言う。でも、ほとんどすぐに、屋根や煙突が立ちならび、聖(セント)ポール大聖堂が見えてきたので、ロンドンの景色だとわかった。ところが、家々の壁が透けて見えるのだ。やがて、ぼんやりとかげのようだったアンドルーおじさんが、まるでレンズの焦点が合ってくるみたいに、どんどんはっきりと見えてきた。でも、おじさんが現実のものとなる前に、ポリーが「替えて」とさけび、ふたりは指輪を替えた。すると、現実になりそうだったその世界は夢のように遠ざかっていき、上にあった緑の光がぐんぐん強まり、ふたりの頭は池の外に出て、ふたりは岸に這(は)いあがった。まわりには森があり、あいかわらず明るく、緑で、静かだった。そのすべてが、ぜんぶで一分もかからなかった。

「ほらね！」ディゴリーが言った。「だいじょうぶだったじゃないか。さあ、冒険に出よう。どの池でもいいよ。ほら、あの池を試してみよう。」

「待って！　この池に目じるしをつけとかないの？」

ふたりはおたがいを見つめあい、ディゴリーが今しようとしていたことのおそろしさに気がついて真っ青になった。森にはたくさんの池があった。どの池も同じように見え、木々も同じだから、いったん私たちの世界につながる池をあとにしたとたん、そこに目じるしをつけておかなければ、もう二度とその池を見つけることは、百にひとつもできなくなるのだ。

ディゴリーは、ふるえる手でペンナイフを取り出し、池のはしの芝生を長く切り取った。よく肥えた赤茶色の土が現れ（とてもいいにおいがした）、芝生の緑に対してくっきりと目立った。

「あたしたちのどっちかが頭がよくてよかったわね」と、ポリーが言った。

「いつまでもぐだぐだ言わないでくれよ」と、ディゴリー。「さあ、来いよ。ほかの池になにがあるのか見たいんだ。」

ポリーは、かなりピシャリとした返事をし、ディゴリーもお返しに、もっと嫌な返事をした。しばらくは言い合いがつづいたが、それをここに書きとめるのはつまらない。ふたりがドキドキしながら、知らない池のはしに立ったところまで、話を進めよう。かなりおびえた顔をしたふたりは、黄色の指輪をはめて、手をつないで、もう一度「一、二の、三――それ！」と言った。

バシャン！　やっぱりうまくいかなかった。この池も、やっぱりただの水たまりのようだった。新しい世界へ行くのではなく、ただ足がぬれて、脚に水しぶきが飛んだのは、その日の午前中二度めのことだった。もし、それが午前中だったらということだ。《世界のあいだの森》ではいつも時間が流れていないように思えた。

「ちくしょう！」ディゴリーがわめいた。「こんどは、なにがいけないのかな。黄色の指輪はちゃんとはめてたよ。出かけるときに黄色をはめるんだって言われたのになあ。」

さて、本当のところは、《世界のあいだの森》のことなどなにも知らなかったアンドルーおじさんは、指輪について誤解をしていたのだった。黄色の指輪は外に出ていくときの指輪ではなく、緑の指輪は帰るときの指輪ではなかったのだ。少なくとも、おじさんが考えたようなものではなかった。ふたつの指輪が作られた材料は、この森から採られたものだった。黄色い指輪の材料は、人をこの森に引きつける力をもっていた。それはもとの場所、つまり《世界のあいだの森》にもどろうとする力だったのだ。ところが、緑の指輪の材料は、その場所から出ていこうとする力をもっていた。だから、緑の指輪をはめていれば、森から外へ出ていけるのだ。アンドルーおじさんは、自分ではよくわかっていない実験をしていたわけだ。たいていの魔術師とは、そういうものだ。もちろん、ディゴリーもまた、本当のことがはっきりわかっていなかったし、あとになるまでわからなかった。けれども、ふたりは話し合ったすえに、緑の指輪をはめて新しい池に入ったらどうなるかやってみることにした。

「あんたがいいなら、いいわよ」と、ポリーは言った。しかし、心の奥底では、どちらの指輪も新しい池ではうまくいかないにちがいないと思っていて、どうせまた水しぶきがあがるだけなんだわと考えていたので、そう言ったのだった。ディゴリーも同じように感じていたかどうかわからないが、少なくとも、ふたりが緑の指輪をはめて池のはしにもどってきて手をつないだとき、最初のときよりはずっと気楽で、緊張していなかった。

「一、二の、三――それ！」ディゴリーがそう言うと、ふたりはジャンプした。

第四章

鐘とハンマー

こんどこそ、魔法はまちがいなくかかった。ふたりは、下へ下へとおりていき、最初は暗闇のなかを、つぎに、ぼんやりと渦巻くような、なんだかわからない形のなかを通っていった。やがて明るくなってきた。それから、ふいに、ふたりはなにかかたいものの上に立っていた。一瞬ののち、すべてがはっきりとしてきて、まわりを見ることができるようになった。

「なんて不思議な場所だろう!」と、ディゴリーが言った。

「嫌だわ。」ポリーが肩をすくめた。

ふたりが最初に気づいたのは、光だった。日光とはちがって、電気のようでもなく、ランプのようでも、ろうそくのようでもなく、今まで見たどんな光ともちがっていた。くすんだような濃い赤色の光で、決して快適ではない。きらめいたりせず、どんよりしている。ふたりは、平らな、石をしきつめたところに立っていて、まわりには建物がぐるりと建っていた。頭上には屋根がない。庭のようなところにいたのだ。空はものすごく暗く、ほとんど黒に近い青色だった。その空をひと目見れば、そもそも光というものがあるのが不思議に思えたことだろう。

「なんかへんな天気だなあ、ここは」と、ディゴリーが言った。「ちょうど嵐にでもなるんじゃないかな。さもなきゃ日蝕とか。」

「嫌だわ。」ポリーが言った。

ふたりは、たがいに、ささやき声で話していた。ジャンプしたあとも手をつないだままでいる理由がなかったにもかかわらず、ふたりは手を離さなかった。

中庭をかこむ建物の壁はとても高く、たくさんの窓がついていた。窓にはガラスがなく、その奥には真っ黒な闇しか見えない。下のほうには、柱で支えられたアーチがいくつもあって、鉄道のトンネルの口のように、真っ黒に開いていた。かなり冷え冷えとした場所だった。

あらゆるものは赤っぽい石でできていたが、赤く見えたのは、へんな光のせいかもしれない。石は明らかにとても古いものだった。中庭に敷かれた平らな石の多くは、ひびわれていた。どれひとつとして、きちんと合わさっておらず、角はみなボロボロになっていた。アーチ形の入り口のひとつは、がれきでうまっていた。ふたりの子どもたちは中庭のあちこちをいつまでも見まわした。というのも、だれか――あるいはなにか――が、たくさんある窓のどこかから、こちらが背をむけているときに、のぞいているような気がしたからだ。

「ここにだれか住んでると思う?」ついにディゴリーが、ささやき声のままで言った。

「いないと思う。」ポリーは答えた。「ここはすっかり廃墟だよ。ここに来てから物音ひとつしないもの。」

「じっとして、しばらく耳をすまそう。」ディゴリーが提案した。

ふたりはじっと立って、耳をすましたが、聞こえたのは自分たちの心臓のドキンドキンという音だった。この場所は、《世界のあいだの森》のように、まったく静かだったのだ。ただし、ちがった種類の静けさだった。森の静けさは豊かで温かいもので(木々が生長している音さえ聞こえそうで)、生命に満ちていたが、ここは死んでいて冷たく、空っぽの静けさだった。なにかが生きているとは思えなかった。

「おうちに帰りましょう。」ポリーが言った。

「だけど、まだ、なにも見てないじゃないか。せっかく来たんだから、ちょっと見てまわろうよ。」

「なにもおもしろいものなんか、ありゃしないわよ。」

「せっかく魔法の指輪でほかの世界に来られるのに、見るのをこわがってちゃ、指輪を持ってる意味がないよ。」

「だれがこわがってるですって?」ポリーは、ディゴリーの手を離して言った。

「きみはあんまりここを探検したくないのかなって思っただけだよ。」

「あんたが行くとこなら、どこへだって行くわよ。」

「帰りたくなったら、いつだって帰れるからさ。」ディゴリーは言った。「緑の指輪をはずして、右側のポケットに入れておこうよ。左側のポケットには黄色いのが入っているって覚えとけばいいんだ。ポケットのすぐ近くに手を置いといてもいいけれど、ポケットに手をつっこんじゃダメだよ。黄色いのにさわったら消えちゃうから。」

こうしてふたりは、建物のなかへつづく大きなアーチの入り口にそっと近寄った。入り口からのぞいてみると、建物のなかは思ったより暗くないことがわかった。なかは広くてがらんとした、かげの多い広間になっていたが、反対側に柱がならんでいて、柱のあいだのアーチから、やはりくたびれたような明かりがさしこんでいる。ふたりは広間の床に穴でもあいていないか、あるいはなにか落ちていてつまずいてころんだりしないかと、とても気をつけながら広間を歩いていった。ずいぶん歩いてから反対側まで着くと、アーチの門をくぐって、こんどは別のもっと大きな中庭に出た。

「あそこは、あぶなそうね。」

ポリーが指さしたところは、壁がふくらんでいて、今にも中庭にくずれ落ちてきそうになっていた。あるところでは、アーチとアーチのあいだにあるはずの柱がなくなっていて、柱の上に載るはずの部分が、なんの支えもないまま、落ちないでぶら下がっていた。明らかに、この場所は何百年、あるいはひょっとすると何千年も、人が住んでいないのだ。

「今までもったんだから、もうちょっともつんじゃないかな。」ディゴリーが言った。

「だけど、とても静かにしてなきゃね。アルプスの雪崩みたいに、ちょっとした音で物が落ちてきたりするからさ。」

ふたりはその中庭から別の入り口へ出て、そこから大きな階段をのぼって、つぎつぎにつづいている広い部屋を通りぬけていったが、あまりの広さにめまいがしそうだった。ときどき外に出て、この巨大な御殿のまわりの風景が見えるのではないかと思ったが、外に出られるかなと思うと、かならずそこは別の中庭だった。かつて人がここに住んでいたときは、すばらしい宮殿だったにちがいない。ある中庭には、水の出なくなった噴水があった。大きな石の怪物が翼をひろげて、口をあけて立っており、口の奥にパイプが少し見えた。そこから昔は水が出ていたにちがいない。下には、水を受ける大きな石の容器があったが、今は骨のように乾いていた。別の場所では、つる植物のようなものが柱に巻きついていて、そのせいで柱のいくつかがたおれたようだ。しかし、植物はとっくに枯れていた。アリとかクモとか、廃墟にいそうな生き物さえ、なにひとつおらず、こわれた敷石のあいだから見える乾いた地面には、草やコケすら生えていなかった。

あまりにもわびしく、どこを見ても変わらなかったので、ディゴリーでさえ、もう黄色い指輪をはめてあの《あいだの場所》にある、暖かくて緑の生き生きとした森へ帰ったほうがいいと思った。ちょうどそのとき、ふたりは、以前は金色だったと思しき金属でできた巨大なふたつの扉の前に出た。いっぽうの扉が、少し開いている。そこで、もちろんふたりは、なかをのぞいてみた。そして、あっと息を呑んで、あとずさりした。というのも、ついに見るに値するものが、そこにあったからだ。

一瞬、部屋にはたくさん人がいるように思えた。何百もの人々が椅子にすわって完全にじっとしている。ポリーとディゴリーも、みなさんの想像どおり、なかをのぞいたまま、かなり長いあいだ、身じろぎせずに立ちすくんでいた。けれども、やがて自分たちが見つめているのは、本物の人間ではないと気づいた。ピクリとも動かなければ、息づかいの音さえしないのだ。まるで、よくできたろう人形のようだった。

こんどは、ポリーが先陣を切った。ディゴリーよりも、ポリーの気を引くものが、部屋にあったのだ。どの人もりっぱな衣装を着ていた。少しでも着るものに興味があれば、近寄って見てみたいと思わずにはいられない衣装だった。そのはなやかな色のせいで、部屋が楽しそうに見えたというわけではないが、ほかの部屋がほこりっぽくてガランとしていたのにくらべれば、ずっと豪華でりっぱに見えた。しかも、窓がたくさんついていて、かなり明るい部屋だった。

衣装は、筆舌に尽くしがたいものだった。どの人も、ローブをまとい、頭に冠を戴いていた。ローブの色は深紅、銀灰色、深い紫、あざやかな緑などで、花や不思議な動物などのもようが刺繍されていた。おどろくほど大きくてキラキラと光る宝石が、冠や首飾りについていたうえに、ボタンなどの飾りとしてあちこちにあった。

「どうして衣装は、ずっと前に朽ち果ててしまわなかったのかしら？」ポリーがたずねた。

「魔法だよ。」ディゴリーがささやいた。「感じないかい？　呪いでこの部屋全体がかたまっているんじゃないかな。入ってきたときにそう感じたよ。」

「このドレスひとつだけでも、何百ポンドもするわよ。」

しかし、ディゴリーが興味をもったのは、人々の顔だった。たしかに、じっくり見るに値する顔をしていた。人々は部屋の両側にならぶ石の椅子にすわっていて、中央はあいていたから、そこを歩けば、順番に顔を見ていけたのだ。

「すてきな人々だったんだね」と、ディゴリー。

ポリーはうなずいた。どの顔もたしかにすてきだった。男の人も女の人も、やさしくてかしこそうで、りっぱな家柄のようだった。けれども、二歩も歩かないうちに、少しちがった顔の人たちがいた。とてもおごそかな顔をしている。こんな顔をした生きた人に出会ったら、ことばづかいもきちんとていねいにしなくちゃという気分になったただろう。さらに歩いていくと、なんだか嫌な顔の人たちがいた。ちょうど部屋のまんなかあたりだ。とても強そうで、えらそうで、うれしそうだったが、いじわるそうだった。もう少し先へ行くと、もっと残酷そうな感じの人たちがいた。さらに行くと、人々の顔は残酷そうなのだが、もはやうれしそうではなかった。なげき悲しんでいるといってもいいくらいだ。まるで、自分たちの仲間がおそろしいことをしてしまい、自分たちもひどい目にあったかのようだった。最後の人はいちばん興味深く、ほかの人よりもさらに豪華な服を着た女の人で、とても背が高く（と言っても、どの人も、私たちの世界の人たちよりずっと背が高いのだった）、見る者をぎょっとさせるほど厳しそうで、誇り高い顔をしていた。けれども、美しい人でもあった。何十年もたって、ディゴリーがおじいさんになったとき、あれほど美しい女の人を見たことはないと言ったものだった。ただ、公平を期するならば、ポリーは、あの女の人はどこも美しくなかったと言っていたことも、つけくわえておかなければならないだろう。

この女の人が、今言ったように最後の人だったが、その先にもまるでもっと多くの像が置かれる予定だったかのように、空席の椅子がたくさんならんでいた。

「この人たちはだれで、どうしてここにすわってるのか知りたいもんだね」と、ディゴリーが言った。「あの部屋のまんなかにあったテーブルみたいなところにもどってみようよ。」

部屋の中央にあったのは、テーブルというわけではなかった。一メートル二十センチほどの高さの四角い柱で、その上に小さな金色のアーチがあって、そこから小さな金色の鐘がぶら下がっていた。そして、そばには、鐘を鳴らすための小さな金色のハンマーがあった。

「ええっと……これは……どういうことかなあ……」ディゴリーが言った。

「ここになにか書いてあるみたい。」ポリーが、しゃがんで柱のわきを見た。

「わあ、ほんとだ。だけど、もちろん読めないよね。」

「読めないかしら？　わからないわ。」

ふたりは一所懸命それを見たが、みなさんがご想像のように、石に刻まれた文字は見たことがないものだった。けれども、このとき、とても不思議なことが起こった。文字を見ていると、その不思議な文字の形は変わっていないのに、その意味がわかったのだ。もしディゴリーがつい一分前に「ここは魔法の部屋だ」と言ったことを覚えていれば、その魔法が働きはじめたとわかったことだろう。けれども、あまりに不思議で、びっくりしていたので、そんなことを考える余裕はなかった。柱になんと書かれているのか知りたくてたまらなくなり、やがてふたりはぜんぶ読んだ。こう書いてあった。詩の形になっており、その場で読んだときは、もっとすてきな感じがしたのだが、少なくとも意味はこうだった。

見知らぬ冒険者よ、いずれか選べ
鐘を鳴らせよ、危険な調べ
鳴らさぬならば知り得ぬ秘密
知らぬ苦しみ、永遠に満つ

「冗談じゃないわ！」と、ポリー。「危険なんてごめんだわ。」

「だけど、わかんないかな、もうどうしようもないんだよ！」と、ディゴリー。「もうあともどりはできない。鐘を鳴らしたらどうなったんだろうってずっと思いつづけることになる。家に帰っても、そのことばかりずっと考えて、頭がおかしくなっちゃうよ。そんなのは、ごめんだね！」

「ばかなこと言わないで。そんなの、どうだっていいじゃない。なにが起ころうと関係ないわよ。」

「ここまで来たら、だれだって気になって気になって、おかしくなっちゃうよ。それが魔法なんだよ。もうすでに魔法がききはじめてる感じがする。」

「あたしには、そんな感じなんかしないわ。」ポリーは腹をたてて言った。「それに、あんただってしてないくせに。魔法を感じたふりをしているだけでしょ。」

「わかりもしないくせに、よく言うな。そりゃ、きみが女の子だからだよ。女の子は知ろうともしないで、あれやこれやうわさ話をしたり、だれかとだれかがくっついたなんて、ばかなことを言ったりするんだ。」

「そんなことを言うあんたって、おじさんそっくりね。」

「なんで話をそらすんだ。ぼくらが話しているのは——」

「まったく男の口のききかたね。」ポリーは、とても大人びた口調で言ったが、急いで、いつもの声でこうつけくわえた。「あたしが女みたいな口をきくなんて言わないでよ。言ったら、しょうもないまねっこだわ。」

「おまえみたいなガキが女みたいだなんて言うもんか。」ディゴリーはえらそうに言った。

「あら、あたしはガキなの？」ポリーは、本当にカンカンになって言った。「じゃあ、あんた、ガキといっしょになんか、いたくないでしょ。あたしは、ぬけるわ。もうこんなところ、たくさん。あんたのことも、もうたくさん。この嫌らしい、思いあがった、がんこなブタ野郎！」

「そうはさせるか！」ディゴリーの声は、自分で思った以上にずっと嫌らしく聞こえた。というのも、ポリーの手がポケットに入って、黄色い指輪をつかもうとしたからだ。つぎにディゴリーがやったことは、あとで本人がとてもくやんだということ以外弁解のしようがない。（ほかの多くの人も残念に思ったことだろう。）ポリーの手がポケットに入る前に、ディゴリーはその手首をつかみ、自分の背中を相手の胸に押しつけ、自分のひじでポリーのもういっぽうの腕のじゃまをしながら、前にかがんでハンマーを取り、金色の鐘をカンとするどく打ち鳴らしたのだった。それから、ポリーの手を放し、ふたりは、離れてころんで、たがいに見つめあい、はあはあと激しく息をしていた。ポリーが泣きそうになっていたのは、こわかったからでも手首がひどく痛んだからでもなく、ものすごく怒っていたからだった。けれども、二秒もしないうちに、けんかのことなどすっかり忘れてしまうようなことが起こった。

鐘は、たたかれたとたん、いかにもこの鐘から聞こえてきそうな、美しい音色を出した。あまり大きくない音だったが、だんだんと弱まって消えていくどころか、いつまでも鳴りつづいている。しかも、だんだん大きくなっていった。一分もしないうちに、最初の倍の大きさで鳴りひびいた。やがて、あまりにもうるさくなったので、子どもたちが話をしようとしても（と言っても、ふたりはただ口をぽかんとあけて立っているばかりで、なにか言うつもりなどなかったが）、たがいの声は聞こえなかったことだろう。そのうちに、さけばなければ聞こえないくらい鐘の音は大きくなり、さらにどんどんうるさくなった。ずっと同じ美しい音のままだったが、その美しさには、どこかおそろしさもあり、まもなくこの大きな部屋全体の空気がその音でビリビリとふるえだし、足の下の石がふるえてきた。ついには、別の音がまじりはじめた。最初は遠くで列車がうなるようなぼんやりとした不吉な音だったのだが、いつのまにか木がたおれるときのバキバキッという音になり、それから大きな重たいものがドドドッと落ちる音になった。最後に、突然、かみなりがとどろくような音がして、宙に放り出されるほど大きく床がゆれたかと思うと、部屋の屋根のはしが四分の一ほどくずれて、巨大な石のかたまりがふたりのまわりにドカドカッと落ちて、壁が激しくゆれた。鐘の音は、やんでいた。もうもうと舞いあがったほこりも静まった。そして、なにもかも、また静かになった。

壁が落ちたのが魔法のせいなのか、それともあのたえがたいほど大きな鐘の音のせいで、くずれかけていた壁がもちこたえられなくなったのかはわからない。

「ほら、これで満足でしょ。」ポリーは、あえぎながら言った。

「まあ、とにかく、これでおわったよ。」

ふたりともおわったとすっかり思いこんでいたが、とんでもない誤解だった。

第五章

ほろびのことば

子どもたちは、鐘がぶら下がっている柱越しに、むかいあって立っていた。鐘はもう鳴っていなかったが、まだふるえている。ふいに、部屋のこわれなかったほうから、やわらかな音が聞こえた。ふたりは「なに？」と思って、パッとふり返った。ローブをまとった像のうち、ディゴリーがとても美しいと思った、あのいちばんはしにすわっていた女の人が、椅子から立ち上がろうとしている音だった。立ち上がったところを見ると、思ったよりも背が高い人だった。その王冠やローブのみならず、その目の輝きや、くちびるの曲線から、この人が偉大な女王であることはすぐにわかった。女王はあたりを見まわして、こわれた部屋のありさまや、子どもたちを目にしたが、その顔からは、なにを考えているのか、おどろいているのかさえ、わからなかった。女王は、大またで、すばやくこちらへやってきた。

「私を起こしたのは、どなた？　魔法を解いたのは、だれ？」女王はたずねた。

「ぼくだと思います。」ディゴリーが言った。

「そちか！」女王は、ディゴリーの肩に手を置いた。白くて美しい手だったが、鋼鉄のペンチのように強いとディゴリーは感じた。

「そちなのか？　だが、まだ子どもではないか？　平民の子だ。そちに王族や貴族の血が流れておらぬことはすぐにわかる。そちのような者が、よくもこの宮殿に入ってこられたものだな？」

「あたしたち、別の世界から来たんです、魔法で。」女王がそろそろディゴリーだけでなく、自分にも気づいてよいのではと思ったポリーが言った。

「それは、まことか？」女王は、あいかわらずディゴリーを見たまま、ポリーに目もくれずに言った。

「はい、本当です」と、ディゴリー。

女王は、もういっぽうの手をディゴリーのあごの下に置き、その顔を上にむけて、よく見えるようにした。ディゴリーは見つめ返そうとしたが、すぐに目を落としたくなった。人を威圧する迫力を感じたのだ。しばらくディゴリーをじっと見ていた女王は、あごから手を離して言った。

「そちは魔術師ではない。そのしるしが見当たらない。魔術師の召し使いにすぎぬようだ。ここにやってきたのは、ほかの者の魔法によるのであろう。」

「ぼくのおじさんのアンドルーの魔法です。」

そのとき、部屋のなかではなく、どこかとても近いところから、最初はガタゴトという音がし、それから、なにかがこわれるような音、つづいて大きな石が落ちる轟音がして、床がゆれた。

「ここはとても危険だ」と、女王が言った。「宮殿全体がこわれようとしている。すぐに出ないと、がれきにうもれてしまう。」女王は、まるで現在の時刻をただ述べるかのように、おだやかに話していた。

「おいで。」女王は、ふたりの子どもそれぞれに手をさしのべた。ポリーは女王が好きになれなくて、ずいぶんむくれていたので、できれば手をとってほしくはなかった。けれども、女王は、おだやかな話しぶりとは裏腹に、行動は機敏だった。なにが起こっているかわからぬうちに、ポリーは左手をずっと大きくて強い手ににぎられてしまい、どうすることもできなかった。

「こわいわ、この人」と、ポリーは思った。「あたしの腕をひとひねりで折ってしまうほどの力持ちだわ。左手をとられたから、黄色い指輪にさわれなくなっちゃった。右手をのばして左ポケットにつっこもうとしても、届かないかもしれないし。そんなことしてたら、なにをしているのかって問いつめられちゃうかも。どうあっても、指輪のことは知られちゃだめだわ。ディゴリーがだまっててくれるといいんだけど。ふたりっきりで話せたらなあ。」

女王は、像のならんだ広間から、ふたりを長い廊下へ連れ出し、それから部屋と階段と中庭とが迷路のようになったところをぬけていった。大きな宮殿があちこちでくずれ落ちる音が何度も聞こえ、ときにはすぐ近くからしてきた。一度など、巨大なアーチを通りすぎた直後に、アーチがガラガラとくずれ落ちたりもしたのだ。女王は足早に歩きつづけ、子どもたちは、おくれないように、小走りにならなければならなかった。女王はまったく恐れるようすはない。ディゴリーは考えた――「この人はものすごく勇敢なんだな。しかも強い。まさに女王陛下だ！　この場所にまつわる話をしてくれるといいんだけど。」

　道すがら、女王はいくつかのことは教えてくれた。「あれは地下牢の扉だ」とか、「あの廊下は、主たる拷問室につづいている」とか、「ここは、わが曽祖父が七百人の貴族たちを宴会に招いて、みなが酒をすっかり飲む前にみな殺しにした古い宴会場だ。貴族たちは謀叛を考えていたのだ」といったことを教えてくれたのだ。

　ついに、これまでのどの部屋よりも大きくて天井の高い広間にやってきた。その大きさや反対側にある巨大な扉から、とうとう表玄関に出たんだな、とディゴリーは思った。そのとおりだった。扉は黒檀か、私たちの世界にはない特別な黒い金属でできていて、真っ黒だった。持ちあげられそうもない巨大なかんぬきが、いくつもかかっており、ほとんどはとても手の届かないところにあった。ディゴリーは、どうやって外に出るんだろうと思った。

女王は、ディゴリーとつないでいた手を離して、腕をあげ、背筋をピンとのばすと、じっと立った。それから、子どもたちにはよくわからない（おそろしいひびきの）ことばを唱え、まるで扉になにかを投げつけるかのような動作をした。すると、その高くて重たい扉は、まるで扉が絹でできているかのように一瞬ふわふわとふるえたかと思いきや、ガラガラッとくずれ落ちてしまった。あとには、敷居の上に、ちりの山しか残らなかった。

「ヒュー！」と、ディゴリーが口笛を吹いた。

「そちのおじとかいう魔術師には、このような力があるか？」女王は、ふたたびディゴリーの手を強くつかんでたずねた。「だが、いずれわかることだ。それまで、目にしたことを覚えておくがいい。私のじゃまをするものは、なんであれ、だれであれ、このようになるのだと。」

この世界で見たこともないほどまぶしい光が、さっきまで扉のあったところからさしこんでおり、こわれた扉のむこうへ女王に連れ出されてみると、そこはふたりが思っていたとおり、建物の外だった。顔に吹きつける風は冷たかったのだが、むっとよどんでいた。そこは高台になっており、足もとには広大な風景がひろがっていた。

下のほう、地平線近くには、私たちの太陽よりずっと大きな赤い太陽がかかっていた。ディゴリーはすぐに、それが私たちの太陽よりも古いものだと感じた。この世界を見おろすのにつかれ、命が消えかかっている太陽だった。その左側の高いところに、星がひとつ、大きく明るく輝いていた。暗い空には、太陽とその星しかなく、陰気な感じだった。地上には、見わたすかぎり巨大な都市がひろがっており、人っ子ひとり見当たらない。あらゆる神殿や、塔や、宮殿や、ピラミッドや、橋が、あのしぼんだ太陽の光を受けて、長く不吉なかげを落としていた。かつては大きな川がこの街を流れていたのだが、水はとっくに涸(か)れ果て、今では灰色のほこりのたまった太いみぞでしかなかった。

「よく見ておくがよい。もう二度とこれを目にすることはできまい」と、女王は言った。「これこそが、偉大なる都市チャーン、王のなかの王の都、全世界の驚異とも言うべき大都市チャーンの成れの果てなのだ。そちのおじは、これほど大きな都市を支配しているか？」

「いいえ」と、ディゴリーは言った。アンドルーおじさんは街なんか支配していないと説明しようとしたのだが、女王がこうつづけた。

「今は静まり返っているが、かつて私(わたくし)がここに立ったときは、チャーンの喧騒(けんそう)があたりに満ちていた。雑踏、車輪のきしむ音、鞭(むち)の鳴る音、奴隷のあえぐ声、二輪戦車のとどろく音、神殿で生けにえの儀式の太鼓が鳴る音などが聞こえていた。そう、私はここに立ってながめていたのだ。（だが、もうこの都はおわろうとしていた。）あらゆる通りから戦の鬨の声があがり、チャーンの川は真っ赤に染まっていった。」

女王は、いったん口をつぐんでから、またつづけた。

「たった一瞬で、ひとりの女が、永遠にそれを消しさったのだ。」

「だれですか？」ディゴリーは、かすかな声でたずねたが、もう答えの見当はついていた。

「私だ」と、女王は言った。「この私、最後の女王にして全世界の女王ジェイディスだ。」

ふたりの子どもは、冷たい風にふるえながら、だまって立っていた。

「わが姉のせいだ」と、女王は言った。「姉が私にそうさせたのだ。あらゆる力の呪いが永遠に姉にかかればいい。私は、いつだってなかなおりをするつもりだった。そう、そして玉座を明けわたしてくれさえすれば、姉の命だって助けてやったのに。しかし、姉はがんとしてゆずらなかった。その高慢のせいで、全世界が破壊されたのだ。戦争がはじまったあとでさえ、どちらの側も魔法は使わないという厳しい約束があったのに、約束を破りおって。こちらもしかたがなかった。おろか者め。私のほうが強力な魔法が使えることを知らなかったわけでもあるまいに。《ほろびのことば》の秘密を私がにぎっていることすら知っていたはずだ。腰ぬけめ、私がそれを使わぬとでも思ったのか。」

「それってなんですか？」ジェイディス女王は言った。「きちんとした儀式とともに唱えられれば、それを唱えた者以外の生きとし生けるものをほろぼす呪いのことばがあることは、わが種族の代々の偉大なる王に、昔から知られていた。しかし、古の王たちは弱く、ふぬけた心の持ち主で、その呪文を知ろうとしてはならぬという強力な誓いを自分たちで立て、後世の王にもその誓いを立てさせた。だが、私は、大きな代償を払ってそれを秘密の場所で知ったのだ。姉のせいでそれを使うはめにならなければ、使ったりはしなかった。ありとあらゆるほかの方法で戦ってきたのだ。わが軍隊の血を滝のように流して――」

「けだもの！」と、ポリーがつぶやいた。

「最後の偉大なる戦いは」と、女王は言った。「ほかならぬここ、チャーンで三日間つづいた。私はまさにこの場所から三日間、それを見おろしていた。わが最後の兵士がたおれるまで、私は自分の力を使わずにいたが、あの呪わしき女、わが姉が都からこの高台へとつづく巨大な階段のなかばまで叛乱軍を率いてあがってきたとき、私はたがいの顔が見えるまで待っていた。姉はその邪悪なおそろしい目を私にむけて『勝利だ』と言った。『そう、勝利だ。だが、おまえの勝利ではない』と、私は言った。

そして私は《ほろびのことば》を唱えたのだ。一瞬で、この太陽の下で生きているのは、私ひとりとなった。」

「ほかの人たちは？」ディゴリーは、息を呑んだ。

「どの人々だ、小僧？」女王はたずねた。

「ほかのふつうの人々よ」と、ポリーが言った。「あなたになんの悪さもしてない人たちよ。それに、女性や子どもや動物たちも。」

「わからんのか？」と、女王は言った。まだディゴリーにしか話しかけようとしない。

「私は女王だったのだ。それらの者は、私が支配していた。私の意志にしたがうよりほかに、なんのためにいたというのだ？」

「それでも、その人たちにはつらいことです」と、ディゴリー。

「そちが平民の子であることを忘れていた。そちに国家のことなど、わかろうはずがない。知るがいい、子どもよ。そちにとって、あるいは平民にとってまちがっていることであっても、私のような偉大なる女王にとってはまちがいではないのだ。この世はわれらが背負っている。われわれはあらゆる規則からまぬがれているのだ。われわれの運命は、高尚で孤独なのだ。」

　ディゴリーは、アンドルーおじさんがまさに同じことを言っていたのをふと思い出した。けれども、ジェイディス女王が言うと、もっとりっぱに聞こえた。きっとそれは、アンドルーおじさんは二メートル十センチもなければ、輝くほど美しくもなかったからにちがいない。

「それで、その人たちをどうしたんですか？」ディゴリーは、たずねた。

「私は、わが祖先の数々の像がならぶ広間に、すでに強力な呪文をかけておいた。この呪文によって、私は私自身が像になったように眠り、たとえ一千年のあいだであろうとも、だれかがやってきて鐘を鳴らして私を起こすまで、食べ物も火もなしに生きつづけることができたのだ。」

「太陽があんなふうになってしまったのは、《ほろびのことば》のせいですか？」ディゴリーは、たずねた。

「どんなふうになっただと？」

「すごく大きくて、赤くて、冷たくなっている。」

「あれは最初からそうであった。少なくとも、何十万年も前から。おまえの世界にはちがう太陽があるのか？」

「ええ。もっと小さくて、黄色いんです。そして、ずっとたくさんの熱を出します。」

女王は「あああ！」と、長い声を出した。ディゴリーは、その顔についこのあいだアンドルーおじさんの顔に見たのと同じ、貪欲（どんよく）な表情を見た。

「つまり」女王は言った。「そちの世界は、より新しいのだ。」

女王は、もう一度だまって、人のいない都を――自分が破壊したことを悪いと思っていたとしても、そんなそぶりはちらとも見せずに――見まわしてから言った。

「さあ、行こう。ここは、おわろうとしている世界だ。寒い。」

「どこへ行くんですか？」ふたりの子どもは、たずねた。

「どこへだと？」女王は、おどろいたようにくり返した。「もちろん、おまえたちの世界へだ。」

ポリーとディゴリーは、息を呑んで、顔を見あわせた。ポリーは最初から女王が嫌いだった。ディゴリーでさえ、話を聞いた今となっては、もうこの人とお別れしたいと思うようになっていた。たしかに、おうちへ連れていきたいような人ではなかった。連れていくとしても、どうやって連れていくというのだろう。なんとかして別れたかったが、ポリーは指輪に手が届かなかったし、もちろんディゴリーも、ポリーなしに消えるわけにはいかなかった。ディゴリーは、とても真っ赤になって、しどろもどろにこう言った。

「あ――あの――ぼくらの世界ですか。そんなところへ行きたいんですか。」

「おまえたちは私を連れに来たのであろう？」女王がたずねた。

「ぼくらの世界なんか、ぜんぜんお気に召さないと思いますよ。女王陛下がいらっしゃるようなところじゃないよね、ポリー？　つまらないし、見る価値なんかありませんよ、ほんと。」

「私がそこを支配すれば、見るに値するものとなろう。」

「それは無理です」と、ディゴリー。「そんなんじゃないんです。支配なんてできませんよ。」

女王は見下したような笑みを浮かべた。

「多くの偉大なる王は、チャーン王家に刃むかうことができると思っていた。しかし、みな、たおされ、その名前さえ忘れられたのだ。おろかな小僧め！　この私が、美と魔力とをかねそなえたこの私が、一年もたたぬうちに、おまえたちの世界など足もとにひれふせさせられぬとでも思うのか。さあ、呪文を唱えて、すぐに私をそこへ連れていけ。」

「ひどいことになっちゃったな。」ディゴリーは、ポリーに言った。

「そのおじとやらを恐れているのか。だが、私をきちんと敬うのであれば、そいつを生かしてやり、玉座につかせたままにしてやろう。そいつと戦おうというのではない。おまえたちをここに送りこんだ以上、偉大なる魔術師にちがいない。そいつは全世界を支配しているのか？　それとも一部だけか？」

「おじさんはどこの王様でもありません。」

「うそをつくな。魔法というものは、つねに王家とともにあるのだ。平民が魔法を使ったためしがあるものか。そちがなんと言おうと、私には真実がわかる。そちのおじは、偉大なる王であり、そちの世界を呪文で支配しているのだ。魔法の技により、わが顔が魔法の鏡か、呪(まじな)いのかかった水面に映ったのを見て、その美しさにほれこんだのであろう。そして、世界を根底からゆるがすような強力な呪いをかけて、おまえたちを世界と世界のあいだに横たわる広大なるみぞを越えさせて、私を連れてくるようにと魔法をかけたにちがいない。答えよ。そうであろう。」

「えっと。ちょっとちがってます」と、ディゴリーは言った。

「ちょっとどころじゃないわ。」ポリーがさけんだ。「最初から最後までめちゃくちゃよ。」

「小わっぱどもが！」女王はそうさけぶと、怒ってポリーのほうをむき、髪の毛をつかんだ。いちばん痛い頭のてっぺんをひっぱったのだ。しかし、そうすることで、子どもたちの手を放した。

「今だ！」と、ディゴリーがさけび、「早く！」と、ポリーがさけんだ。ふたりは、左手を自分のポケットにつっこんだ。指輪をはめる必要さえなかった。指輪にさわったとたん、そのおぞましい世界は目の前から消えた。ふたりは、上にむかってものすごい速さで進んでおり、上のほうから温かい緑の光がどんどん近づいてきた。

第六章

アンドルーおじさんの不幸のはじまり

「手を放して！　放してよ！」ポリーがさけんだ。
「ぼく、さわってないよ。」ディゴリーが言った。
　ふたりの頭が池から出ると、そこは、ふたたび光に満ちあふれた静かな《世界のあいだの森》だった。さっきまでいた息のつまる廃墟のような場所とくらべれば、ここはずっと豊かで、暖かく、平和に思えた。もしそうできるのであれば、ふたりは自分たちが何者であるか、どこから来たのかも忘れて、ふたたび横になって、うつらうつらと眠りながら、木々の育つ音に耳をかたむけて楽しんだことだろうが、こんどはそうはいかなかった。ふたりがはっきり目をさまさずにはいられないことが起こったのだ。芝生にあがったとたん、ふたりのほかにだれかいることに気づいたのだ。女王が、あるいは魔女が（どちらでも好きなほうで呼べばよい）、ついてきていたのだ。ポリーの髪の毛をしっかりとにぎっている。ポリーが「放して！」とさけんでいたのは、そういうわけだった。

　これで、指輪についてもうひとつわかったことがあった。アンドルーおじさんが自分でも知らなかったために、ディゴリーに教えていなかったことだが、指輪によって世界から世界へ旅するとき、自分で指輪をはめていたり、さわったりする必要はないのである。それをさわっている人にさわってさえすればいいのだ。つまり磁石のように働くのだ。磁石でピンをひろいあげると、その最初のピンにふれればほかのピンもくっついてくるように。

　森のなかでは、ジェイディス女王は、ようすがちがっていた。ずっと青ざめていて、さっきまでの美しさが消えてしまったようだった。しかも、しゃがみこんで、まるでこの場所の空気では息がつまるかのように、苦しそうだ。もはやぜんぜんこわい人ではなくなっていた。

「放して！　髪の毛を放してよ」と、ポリー。「どうするつもりなの？」

「ほら！　髪の毛を放せ！　今すぐ」と、ディゴリー。

　ふたりともふり返って、女王ともみあった。ふたりのほうが強く、あっという間に女王の手を放させることができた。女王は息を、はあはあいわせ、うしろによろめき、その目には恐怖の色が浮かんでいた。

「急いで、ディゴリー！」と、ポリー。「指輪を替えて、おうちへ行く池へ飛びこむのよ。」

「助けて！　助けて！　おねがいだから！」魔女はよろよろと追いかけながら、弱々しい声でさけんだ。「連れてっておくれ。こんなひどいところに置いてきぼりにしないで。死んでしまう。」

「それも国家の理屈ってやつでしょ」と、ポリーがうらみをこめて言った。「あんたが自分の世界で人々をみな殺しにしたのと同じよ。さあ、急いで、ディゴリー。」ふたりは緑の指輪をはめたが、ディゴリーが言った。

「ちぇ！　どうすればいいんだ？」ディゴリーは、女王のことがほんの少しかわいそうになってしまったのだ。

「ばかなこと考えないで」と、ポリー。「ぜったい演技してるに決まってるわ。さあ、行くわよ。」そうして、ふたりの子どもたちは、家へ帰る池へ飛びこんだ。

「目じるしをつけておいてよかったわ」と、ポリーは思った。

ところが飛びこんだとき、ディゴリーは大きな冷たい人さし指と親指で耳をつかまれるのを感じた。ふたりがしずんでいき、こんがらがったものの形がだんだんと私たちの世界に見えてきたとき、その人さし指と親指のつかむ力は強くなってきた。魔女は明らかに力を回復してきたのだ。ディゴリーは抵抗して、足でけったが、なんの役にも立たなかった。あっという間に、ふたりはアンドルーおじさんの書斎にもどっていた。そこにはアンドルーおじさんがいて、世界のむこうからディゴリーが連れてきた美しい人を、じっと見つめていた。

じっと見つめてしまったのも無理はなかった。ディゴリーとポリーも見つめていたのだ。魔女が力を取りもどしたことは、疑いがなかった。私たちの世界でありきたりなものにかこまれた魔女を見てみると、たしかにハッと息を呑む存在だった。チャーンでも、じゅうぶんおどろくべき人ではあったが、ロンドンでは、おそろしい人だった。これまでこんなに巨大であることを、子どもたちはちゃんとわかっていなかった。

「人間の大きさじゃないな。」魔女を見ながら、ディゴリーは思った。

それもそのはずで、チャーンの王族には巨人の血が入っていると言われていた。しかし、その背たけのことなど、その美しさや、荒々しさや、たけだけしさとくらべれば、たいしたことはなかった。ロンドンで見かけるようなどんな人よりも、十倍も活力に満ちていたのだ。アンドルーおじさんは、ペコペコとおじぎをして、手をもみあわせ、実のところ、ひどくおびえているように見えた。女王を前にすると、まるで小エビのようだった。けれども、ポリーがあとで言ったように、ふたりの顔つきにはどこか似ているところがあって、それは邪悪な魔術師特有の表情だった。女王ジェイディスがディゴリーの顔にはないと言ったしるしが、そこにはあった。こうしてふたりがならぶと、アンドルーおじさんなど、もうこわくはないとわかった。ガラガラヘビと会ったあとでウジ虫がこわくなくなったり、気の立った雄牛ほど雌牛がこわくなかったりするのと同じだ。

「ふん!」と、ディゴリーは思った。「おじさんが魔術師だなんて、たいしたことはないな。本物が出てきちゃったんだから。」

アンドルーおじさんは、さっきからもみ手をしながら、おじぎばかりしている。なにかていねいなことを言おうとするのだが、口がすっかり乾いてしまって、なにも言えないでいる。おじさんが言うところの指輪を使った「実験」は、期待以上の成功となってしまった。おじさんは、これまで何年も魔法をいじってきて、いつだって自分に(できるだけ)危険が及ばないようにしてきていたので、こんなことになってあたふたしているのだ。

するとジェイディスが口をきいた。大声ではなかったが、部屋じゅうがふるえるようななにかが、その声にはあった。

「私をこの世界に呼び寄せた魔術師はどこか?」

「そのぅ――あのぅ――マダム」と、アンドルーおじさんは、息もたえだえに言った。「これはまことに光栄で――ありがたき幸せ――思いもかけぬよろこびでございまして――もし準備をする機会さえございましたら――わ――私は――」

「魔術師はどこなのだ、あほう?」ジェイディスは言った。

「わ――私でございます、マダム。どうかお許しください、そのぅ――このいたずら者どもが失礼をいたしたと思いますが。悪気があったわけでは――」

「おまえだと?」女王は、いっそうおそろしい声で言った。それから一歩歩いて、アンドルーおじさんの白髪をわしづかみにすると、その顔が自分の顔を見あげるように、ぐいっとうしろへ引いた。そして、チャーンの宮殿でディゴリーの顔をジロジロと見たときのように、おじさんの顔を見つめた。おじさんは目をぱちくりさせ、くちびるをずっと神経質そうになめていた。魔女は、とうとうその手を放した。あまりにも急にそうしたので、おじさんはうしろによろめいて、壁にぶつかった。

「なるほど。」魔女は、見下したように言った。「おまえは、魔術師のはしくれだな。立て、犬め。そんなところでひっくり返っておるでない。無礼であろう。どのようにして魔法を知ったのだ。おまえが王族の出でないことは誓ってもよい。」

「あのぅ――そのぅ――厳密な意味では王族ではありませんが。」おじさんは、口ごもった。「王族ではありません、マダム。ですが、ケタリー家は、とても古い家柄です。ドーセット州の由緒ある家系なのです。」

「だまれ」と、魔女は言った。「おまえの正体は見えた。おまえは本に書かれた規則どおりに魔法をかけるつまらぬ行商人のような魔術師だ。おまえの血にも心にも、まことの魔法はない。おまえのようなやつは、わが世界では、一千年も前に駆逐されておる。だが、ここではわが召し使いにしてやろう。」

「お役に立てれば、ま——まことに光栄至極に存じます。」

「だまれ！　おまえは、しゃべりすぎだ。おまえの最初の仕事をよく聞け。ここは大きな街だ。ただちに二輪戦車か、空飛ぶじゅうたんか、よくしつけられたドラゴンを用意して、おまえの国で王や貴族が乗る乗り物を用意するのだ。それから、服と、宝石と、わが身分に応じた奴隷どもが得られる場所に連れていけ。明日、この世の征服をはじめる。」

「た——た——ただちに馬車を呼んでまいります。」アンドルーおじさんは、あえいだ。

「待て。」魔女は、おじさんがドアまで行ったときに言った。「裏切りなどもってのほかだぞ。この目は、壁も、人の心も、見通すことができるのだ。どこへ行こうと、見張っているぞ。逆らうそぶりが見えたとたんに、おまえに呪いをかけてやる。おまえが腰かけたものが熱く焼けた鉄のようになり、ベッドに横になれば、見えない氷のかたまりがおまえの足をつつむぞ。さあ、行け。」

おじさんは、まるで、しっぽをうしろあしのあいだにはさんだ犬のようにしゅんとして、部屋を出ていった。

子どもたちは、こんどはジェイディスに、森でのことについてなにか言われるのではないかとおびえていたが、そのときも、そのあとも、なにも言われなかった。どうやら魔女の頭は、あの静かな場所の記憶などないようにできているようなのだ。どんなに何度もそこへ連れていき、どんなに長く置いておこうと、なにも覚えていられないのだと私は思う。（ディゴリーもそう思った。）今、目の前に子どもたちだけしかいないのにもかかわらず、魔女は子どもたちのことを一切無視した。そういう人だったのだ。チャーンでも、ポリーのことを最後まで無視していた。ディゴリーを使いたいと思っていたからだ。今は、アンドルーおじさんを使おうと思ったので、ディゴリーなどどうでもよくなったというわけだった。魔女というものは、そうしたもののようだ。自分の役に立つ者だけに興味があって、それ以外のことはまったく気にしないのだ。それゆえ、部屋では一、二分、沈黙があった。しかし、魔女が足で床をコツコツ打つようすから、魔女がいらいらしはじめていることがわかった。

やがて、魔女はなかば自分に言った。「あの老いぼれは、なにをしているんだ。鞭（むち）を持ってくればよかった。」魔女は、子どもたちをちらっと見ることもなく、アンドルーおじさんを追いかけて部屋からのっしのっしと出ていった。

ポリーは、ほーっと長いため息をついて言った。

「もうおうちに帰らなきゃ。ひどくおそくなっちゃった。しかられちゃう。」

「でも、急いでもどってきてくれよ」と、ディゴリー。「こんなところにあの人がやってきて、とんでもないことになっちゃった。なんとかしなくちゃ。」

「それはあんたのおじさんの仕事でしょ」と、ポリー。「魔法なんか使って、おじさんがはじめたことなんだから。」

「ともかく、もどってきてくれるよね。ちくしょう、こんなひどいことになったのに、ぼくをひとりぼっちにしないでおくれ。」

「あたし、トンネルを通っておうちに帰るわ。」ポリーは、とても冷ややかに言った。「そのほうが早いもの。それから、もしあたしにもどってきてほしかったら、ごめんなさいって言うべきじゃない？」

「ごめんなさいだって？」ディゴリーはさけんだ。「なんだよ、それ？　まったく女の子だなあ！　ぼくがなにをしたっていうんだ？」

「あら、もちろんなにもしなかったわよね？」ポリーは皮肉を言った。「あのろう人形でいっぱいの部屋で、ひきょうないじめっ子みたいに、あたしの手首をひねりあげただけのこと。脳みそのないおばかさんみたいに、鐘をたたいただけ。あたしたちの池に飛びこむ前に、森でぐずぐずして魔女につかまっただけよね。それだけのことよね。」

ディゴリーは、とてもおどろいて言った。

「ああ、わかったよ。ごめんなさいって言うよ。ろう人形の部屋でしたことについては、ごめんなさい。ほら、ごめんなさいって言ったよ。だから、たのむよ、もどってきておくれ。そうじゃないと、ぼく、ひどい目にあうよ。」

「あんたになにが起こるって言うのよ？　熱く焼けた椅子にすわって、ベッドに氷が入るのはケタリーさんじゃなくって？」

「そういうことじゃないんだ」と、ディゴリー。「ぼくが心配してるのは、お母さんのことだよ。あいつがお母さんの部屋に入ったらどうなるか。恐怖で死んじゃうかもしれないよ。」

「ああ、なるほどね」と、ポリーは、さっきとはずいぶんちがった調子で言った。「わかったわ。休戦にしましょう。もどってきてあげる。もどってこられたらね。でも、今は、行くわ。」

それからポリーは、小さな戸口をくぐりぬけて、トンネルに出た。梁（はり）がわたされているその暗い場所は、数時間前まで楽しい冒険でとてもわくわくするところだったのに、なんだかつまらない当たり前の場所に思えた。

話をアンドルーおじさんにもどそう。屋根裏の階段をよろよろとおりていくときに、そのあわれな年老いた心臓はドキンドキンと鳴っていて、おじさんはしょっちゅう額にハンカチを当てていた。階下の自分の寝室に着くと、おじさんは部屋に鍵（かぎ）をかけた。まずやったのは、洋服だんすから、いつもそこにかくしていた瓶とワイングラスを手探りで取り出すことだった。そこなら、おばさんに見つからなかったのだ。その嫌な大人の飲み物をグラスにいっぱい注ぐと、ひと口で飲みほした。それから深い息をついて言った。

「まったくもって、ふるえあがってしまった。ひどくどぎもをぬかれた、この年になって。」

おじさんは二杯めを注いで、それも飲んだ。それから、服を着替えはじめた。読者のみなさんは当時のこういう服を見たことがないだろうが、私は覚えている。かたくて、とても大きな輝くえりがついていて、あごがいつも上をむくようになるのだ。おじさんは、もようのついた白いチョッキを着て、その前に金時計の鎖をたらした。それから、結婚式や葬式のためにとっておいたいちばんいいフロックコートを着て、いちばんいいシルクハットを取り出して、ほこりを払った。化粧台の上にレティおばさんが飾ってくれた花瓶があり、そこから花を一本取ると、ボタンホールにさした。左手の小さな引き出しから、きれいなハンカチ（今日では買えないような、すてきなハンカチだ）を取り出し、香水を数滴たらした。それから、太くて黒いリボンのついた片めがねを手にすると、片方の目にはめた。そして、鏡で自分を見た。

みなさんご存じのように、子どもは、ばかげたことをするものだが、大人もやはり同じだ。このとき、アンドルーおじさんは、大人のやりかたで、ばかなことをはじめていた。魔女がもう自分といっしょの部屋にいないとなると、どんなにこわかったかケロリと忘れて、そのおどろくべき美しさのことばかり考えたのだ。おじさんは、ずっとこんなことをつぶやいていた。

「まったくもってすてきな女性だ。まったくもってすてきな女性だ。すばらしい人だ。」

おじさんは、このすばらしい人を連れてきたのは子どもたちだったことも、どういうわけか忘れていた。まるで、知らない世界から自分の魔法で連れ出したかのように思いこんでいたのだ。おじさんは、鏡で自分を見つめながら、自分に言い聞かせた。

「いいか、アンドルー、おまえは年のわりには、実にかっこいいやつだ。りっぱな男に見えるぞ。」

おわかりのとおり、おろかな老人は、魔女が自分にほれていると思いはじめていたのだ。さっきひっかけたお酒の効果もあったのかもしれない。晴れ着を着たせいかもしれない。ともかく、クジャクのようにうぬぼれの強い人で、だからこそ魔術師なんかになったのだった。

おじさんは、ドアの鍵をあけ、下の階へおり、お手伝いさんに命じて、馬車を呼ばせた。当時はふつうの家でもたくさん召し使いが働いていたのだ。それから、客間をのぞいた。そこには思ったとおり、レティおばさんがいた。いそがしくマットレスをつくろっている。マットレスは窓際にひろげられており、おばさんはその上にひざをついていた。

「ああ、レティティア」と、アンドルーおじさんは声をかけた。「えーと、その、ちょっと出かけてくるよ。五ポンドぐらい貸してくれないか、いい子(グッド・ゲェル)だから。」（おじさんは、「ガール」を「ゲェル」と発音した。）

「いいえ、兄さん。」レティおばさんは、針仕事から目もあげずに、しっかりとした静かな声で言った。「お金は貸さないって、もう何度も言ってるでしょ。」

「ごちゃごちゃ言わないで、たのむよ。とても重要なんだ。貸してくれないと、ひどくこまったことになってしまう。」

「アンドルー」と、おばさんは、まっすぐおじさんの顔を見つめた。「あなたが私にお金を貸せだなんて、よく言えたものね。」

　このことばの裏には、長くて退屈な大人の事情があった。みなさんは、ただアンドルーおじさんが、「レティの代わりにその財産管理をしてやる」とか言って、なんの仕事もせず、ブランデーや葉巻の請求書を大量にためこみ（おばさんが何度も支払わなければならなかった）、そのせいで、おばさんは三十年前よりもずっとまずしくなってしまったということだけ、わかっていればいいだろう。

「いい子だから」と、アンドルーおじさんは言った。「おまえはわかっちゃいないんだ。今日は、まったく予定外の出費があるんだ。ちょっと人をもてなさなきゃならんのでね。さ、つまらないことを言わないで。」

「いったいだれを、あなたがもてなすというの？」

「と——とてもりっぱなお客さまが、ちょうど着いたところなんだ。」

「りっぱなお客だなんて、よく言うわ。この一時間、玄関のベルは鳴ってもいないわよ。」

そのとき、ドアがパッと開いた。レティおばさんは、ふり返って、そこにすばらしいドレスを着て、腕をむき出しにして、目をギラギラさせた巨大な女の人が立っているのを見ておどろいた。それは魔女だった。

第七章

玄関先で起こったこと

「さあ、奴隷め。いつまで待てば、わが二輪戦車が手に入るのだ？」

魔女は、かみなりのような声で怒鳴った。アンドルーおじさんはおびえて、あとずさりした。こうして実際に魔女が出てくると、さっきまで鏡を見ながら考えていたばかげたことはたちまち消えうせた。けれども、レティおばさんは、さっと立ち上がると、部屋のまんなかへやってきた。

「こちらの若いおかたはどなたなの、アンドルー？」レティおばさんは、冷たい口調で言った。

「りっぱな外国の客人だ。と、とても、た、大切な人なんだ。」おじさんは、口ごもりながら言った。

「くだらない！」と、おばさんは言って、つぎに魔女のほうをむいて言った。

「今すぐこの家から出ていきなさい。恥知らずの、はすっぱ女！　さもないと警察を呼びますよ。」

おばさんは、魔女がサーカスからやってきた人だと思ったのだ。それに、腕をむき出しにしているのも、はしたないと思った。

「この女は、だれだ?」と、ジェイディスは言った。「ひざまずけ、女! さもないと、吹き飛ばすぞ。」

「どうぞこの家では、乱暴なことばは使わないでくださいい、おじょうさん。」レティおばさんは言った。

その瞬間、女王がさらに大きくなったように、アンドルーおじさんには思えた。ジェイディスの目から火がふき出し、チャーンの宮殿の門をこなごなにしたときと同じように腕を動かし、あのときと同じおそろしいことばを唱えた。けれども、なにも起こらなかった。ただ、レティおばさんが、そうしたおそろしいことばをふつうのことばだと思って、こう言っただけだった。

「そんなことだろうと思ったわ。この人、酔っぱらってるのよ。酔っぱらい! ちゃんと話すことさえできないじゃない。」

魔女は、人をこなごなにしてしまう自分の力がこの世界では働かないのだと突然わかったわけだから、たいへんなショックだったにちがいない。しかし、一瞬たりとも、弱気にならなかった。がっかりして時間をむだにすることなく、前へ突進し、むんずとレティおばさんの首とひざをつかむと、まるで人形ほどの重さもないように軽々と頭上高く持ちあげ、部屋のむこうへと投げ飛ばした。おばさんが空中を飛んでいるあいだに、お手伝いさんが（この日は、お手伝いさんにとって、最高にわくわくする日になったわけだが）ドアから顔をつき出して、「だんなさま、馬車がまいりました」と言った。

「案内しろ、奴隷め」と、魔女はおじさんに言った。おじさんは、「こんな乱暴なことをなさっては、まったくこまります」とかなんとか、ぶつぶつ言いはじめていたが、魔女がキッとにらむと、だまってしまった。魔女はおじさんを部屋の外へ、それから家の外へと追い出した。ディゴリーが階段を駆けおりたときには、ちょうど玄関のドアが閉まって、ふたりが出ていくところしか見えなかった。

「なんてこった」と、ディゴリー。「魔女がロンドンの街のなかへ出ていってしまった。アンドルーおじさんといっしょに。いったいどうなるんだろう？」

「あら、ディゴリーおぼっちゃま」と、お手伝いさんが言った。本当におどろくべき一日をすごしているお手伝いさんだった。「ケタリー奥さまが、おけがをなさったようです。」そこで、どうなったのかと思って、お手伝いさんといっしょに客間へ駆けつけた。

レティおばさんが床やカーペットの上に落ちていたら、きっと骨がすっかりくだけていたことだろうが、とても運のよいことに、マットレスの上に落ちていた。レティおばさんは、たいへん頑丈な老婦人だった。当時、おばさんというのは、頑丈なものだったのだ。気つけ薬を飲んで数分じっとすわっていると、おばさんは、少しあざができた以外は、だいじょうぶだと言った。すぐに、おばさんは、あれこれと指示をはじめた。

「サラ」と、おばさんは、お手伝いさん（今までこんなにおもしろい体験をしたことはなかった）を呼んだ。「すぐに警察へ行って、頭のおかしな危険人物が逃走中だと言いなさい。ミセス・カークのお昼は私が作りますから。」ミセス・カークというのは、もちろん、ディゴリーの母親のことだ。

母親のお昼の用意がすむと、ディゴリーとレティおばさんもお昼をすませた。それから、ディゴリーは一所懸命考えた。

問題は、どうやって魔女をもとの世界にもどすかだ。あるいは、少なくとも、できるだけ早くこの世界から追い出さねばならない。なにがあろうと、この近くであばれまわってもらってはこまるのだ。お母さんに会わせるなど、もってのほかだ。それに、できれば、ロンドンであばれまわらないようにしなければならない。ディゴリーは、魔女がレティおばさんをぶっ飛ばそうとしたときに客間にいなかったが、チャーンの門をぶっ飛ばすのは、その目で見ていた。だから、おそろしい力を持っていると思っていて、この世界でその力が使えないとは知らなかった。そして、魔女がこの世界を支配するつもりであることは、わかっていた。となると、魔女は、バッキンガム宮殿や国会議事堂をぶっ飛ばしてしまうかもしれないとディゴリーには思えた。多くの警察官がもうすでに小さなちりの山に変えられてしまったかもしれない。だとしても、ディゴリーには、どうすることもできないのだ。「指輪は、磁石のように働くみたいだ」と、ディゴリーは考えた。「魔女をさわって、それから黄色い指輪にふれたら、ふたりとも《世界のあいだの森》に行くだろう。そしたら、また魔女は、あそこで弱々しくなるかな。あの場所が魔女の力をうばうのだろうか。それとも、ただ、自分の世界から引っぱり出されてショックだったのかな。でも、やってみるしかない。あいつをどうやって見つけたらいいんだろう。レティおばさんは、ぼくがどこに行くか言わないかぎり、家から出してくれないだろう。それに、ぼく、二ペンスしか持ってないし、ロンドンじゅうを探すんだったら、乗り合い馬車代や市電代がなきゃだめだし。とにかく、どこを探せばいいのか、ちっともわからないや。アンドルーおじさんは、まだ魔女といっしょなのかな？」

結局、ディゴリーにできることといえば、アンドルーおじさんと魔女がもどってくるように祈って待つことだけだった。もどってきたら、駈けつけて魔女をつかんで、魔女がこの家に入る前に、黄色い指輪をはめるのだ。ということは、ネズミの穴を見張るネコのように、玄関で見張っていなければならない。一瞬も持ち場を離れるわけにはいかない。そこでディゴリーは、食堂へ行って、窓のところに顔を「のりでくっつけたように」くっつけた。それは、弓形に外へ張り出した窓だった。そこからなら、玄関前の階段も家の前の道もよく見えたので、だれかが玄関に近づけばすぐにわかるはずだった。

「ポリーは、どうしてるかなあ」と、ディゴリーは思った。

最初の三十分がゆっくりとすぎていくあいだ、ディゴリーはずいぶんとポリーのことを考えていた。でも、みなさんは「ポリーは、どうしているかなあ」と思う必要はない。すぐに教えてあげよう。ポリーは、お昼におくれて、靴と靴下をびしょぬれにしながら家に帰ってくると、お母さんに「どこにいたの？　いったいなにをしていたの？」とたずねられ、ディゴリー・カークといっしょに遊んでいたと答えた。さらに問いただされて、足がぬれたのは水たまりに入ったからで、水たまりは森にあったと答えた。「どこの森？」と問われて、ポリーはわからないと答えた。「公園のなかかしら？」とたずねられると、正直に、公園みたいなところだったかもしれないと答えた。こうしたことからポリーのお母さんが考えたのは、ポリーはだれにも言わずにロンドンの知らない場所へ行って、知らない公園で水たまりに飛びこんで遊んでいたのだということだった。その結果、悪い子だとしかられ、もしまたこんなことがあったら、二度とカークさんの子とは遊ばせないと言われてしまった。それから、おいしいおかずぬきの味気ないお昼を出されて、二時間ベッドから出てきてはいけませんと言われた。その当時は、こんなふうなおしおきがよくあったのだ。

それで、ディゴリーが食堂の窓から外をながめているあいだに、ポリーはベッドで横になっていて、ふたりとも、なんておそろしくゆっくり時間がすぎるんだろうと思っていた。私だったらポリーの立場のほうがいいと思うだろう。ポリーは二時間じっとしていれば、それでよかったのだが、ディゴリーのほうは、どこかの馬車や、パン屋の荷車や、肉屋の少年が角を曲がって走ってくるたびに、来たぞと思っては、そうではなかったとがっかりしつづけることになったのだ。来たかと思ってはちがったと思い、じりじりと待ちつづける時間は、何時間にも感じられるものだ。時計の針はチクタクとまわり、大きなハエが手の届かない高いところで窓にぶつかってブンブンいっていた。こうした住宅街には、午後になると、とても静かで、いつも羊肉料理の独特なにおいがただよってくるように思える退屈な家があったものだ。

こうやって長いこと見張りをして待ちつづけているあいだに、ある小さなことが起こった。そのあとで起こった重要な話をするために、まずその話をしておく必要があるだろう。ある婦人がディゴリーのお母さんのために、ブドウを持ってきてくれたのだ。居間のドアはあいていたので、レティおばさんとその女の人が玄関で話しているのがディゴリーに聞こえてきた。

「なんてすてきなブドウでしょう！」レティおばさんの声がする。「こんなのを食べさせたら、きっとよくなりますわ。ほんと、かわいそうなメイベル！　若さの国からくだものを採ってきて食べさせてあげなくちゃいけないわね。この世界のものでは、だめですものね。」それから、ふたりの声が低くなって、なにを話しているのか聞こえなくなった。

若さの国の話を聞いたのがもし数日前だったら、とくに意味のない、たわいもない話をしていると、ディゴリーは思ったことだろう。大人はそんな話しかたをするから、気にもとめなかったはずだ。今だって、もう少しでそう思うところだった。ところがふいに、別の世界というものは（たとえ、おばさんは知らなくても）本当にあるんだ、だって、ぼくは別世界に行ってきたんだものと思いついてしまった。そうなると、どこかに若さの国だって本当にあるかもしれない。なんだって、ありうるかもしれない。どこかの世界にお母さんを本当に治してくれるくだものがあるかもしれない。そしたら、ああ、ああ――みなさんは、ものすごくほしいものを手に入れたいと思いはじめたときにどんな気持ちになるかご存じだろう。そんな夢みたいなことが実現するはずがない、これまでだってがっかりしてきたじゃないかと思って、希望を持つまいとするものだ。ディゴリーも同じ気持ちになった。しかし、こんどばかりは、その希望をあきらめきれなかった。本当に、本当に実現するかもしれないからだ。もうすでに、おかしなことがたくさん起こっているじゃないか。魔法の指輪だって手に入れた。あの森の池を通れば、別の世界へ行けるはずだ。あの池ぜんぶを試したっていい。そしたら――お母さんは元気になるかもしれない。なにもかもだいじょうぶになるかもしれないのだ。ディゴリーは、魔女の帰りを見張っていたことなど、すっかり忘れて、その手を、黄色の指輪が入っているポケットへつっこもうとした。そのときだ。通りを馬がパッカパッカと駈けてくる音がふいに聞こえてきた。

「おや、なんだろう？　消防隊かな？　どの家が火事なんだろう？　こっちに来るぞ。なんてこった、あいつ、あいつじゃないか。」

「あいつ」がだれかは、言うまでもあるまい。

最初にやってきたのは、二輪馬車だった。御者席はからっぽだ。その屋根の上にすわるのでなく立っていたのは、恐怖の国チャーンの女王のなかの女王、ジェイディスだった。角を全速力で曲がって、車輪の片方を宙に浮かせながら、すばらしいバランスをとって立っている。歯をむき出しにして、目を火のようにらんらんと光らせ、長い髪を彗星の尾のように、うしろになびかせていた。容赦なく馬を鞭打っており、馬の鼻の穴は大きくふくらみ、赤くなり、横っ腹に泡のような汗をかいていた。馬は狂ったように玄関にむかってつっこんできて、あと数センチで街灯の柱にぶつかりそうになったところで、うしろ足で立ちあがった。馬車はそのまま街灯の柱にぶつかって、ばらばらにこわれた。その寸前に、魔女はすばらしいジャンプをして柱をよけ、馬の背にとびうつり、馬にまたがると前かがみになり、その耳になにかをささやいた。それは馬をおちつかせるのではなくて、怒らせることばだったようで、馬はふたたびうしろ足で立つと、悲鳴をあげるようにいないいて、ひづめをけりたて、歯をむき出し、目をむいて、たてがみをふりまわした。よほどすぐれた乗り手でないと、背中からふり落とされていただろう。

ディゴリーが息つく間もなく、つぎつぎにいろんなことが起こっていた。二台めの馬車が猛スピードでやってきて、最初の馬車のすぐうしろにとまり、フロックコートを着た太った男性と警察官が飛びおりた。さらに、ふたりの警察官を乗せた三台めの馬車も来た。そのあとから、二十人ほど（ほとんどはお使いの少年たちだ）が自転車でやってきて、みなベルを鳴らしたり、やじったり、さけんだりしていた。あとから大勢の野次馬が押し寄せた。みな走ったせいで、とても暑そうだったが、いかにも楽しそうにしていた。通りの家じゅうの窓が開いて、玄関からはお手伝いさんや執事たちが出てきた。みんな、さわぎを見たがっていたのだ。

いっぽう、最初の馬車の残骸（ざんがい）から、ひとりの老紳士がよれよれになって、這（は）い出そうとしていた。何人かが駈け寄って手を貸した。ところが、こっちから引っ張る者もいれば、あっちから引っ張る者もいたために、自分で起きたほうが早く起きられたかもしれない。ディゴリーは、その老紳士はアンドルーおじさんだろうと思ったが、顔は見えなかった。顔がシルクハットにすっぽりはまっていたのだ。

ディゴリーは飛び出していって、野次馬にまじった。

「あの女だ。あの女だ」と、太った男性が、ジェイディスを指さして、さけんだ。「逮捕してくれ、巡査。十万ポンドの価値があるものを、わしの店からぬすんだのだ。あの首にかかった真珠の首飾りを見たまえ。あれはわしのものだ。そのうえ、わしをなぐって、目にあざをつけおった。」

「そのとおり、あの女がやったよ、おまわりさん」と、群衆のひとりが言った。「まったくみごとにパンチを決めてたよ。あんなにきれいに決まるなんて、すげえぜ。まったく強い女だ。」

「だんな、その目の上には上等なビーフステーキ用の生肉を載せなきゃダメだぜ。そいつがきくんだ」と、肉屋の少年が言った。

「さて」と、警察官たちのなかのいちばんえらい人が言った。「これはいったいなんのさわぎかね。」

「ですから、あの女が」と、太った男の人が言いはじめたとき、ほかのだれかがさけんだ。

「あの馬車のじいさんを逃がすな。あいつが女にやらせたんだ。」

年老いた紳士は、やはりアンドルーおじさんだった。シルクハットに顔をすっぽりはめたまま、今ようやく立ち上がって、あざになったところをさすっているところだった。

「おい、きみ。」警察官は、おじさんにむかって言った。「なにがあったんだ？」

「ふにゃら――ほにゃら――にゃら。」アンドルーおじさんの声がシルクハットのなかから聞こえた。

「ふざけるな」と、警察官が厳しい声で言った。「笑いごとじゃないぞ。その帽子を取りたまえ。」

これは、それほど容易なことではなかった。しばらくおじさんはがんばったが、帽子はぬげず、ほかの警察官ふたりがそのつばをつかんで、ひっぱがした。

「ありがとう、ありがとう。」おじさんは弱々しい声で言った。「ありがとう。いやはや、ひどくふるえてしまった。どなたか、ブランデーを小さなグラスに一杯くださらんか。」

「きみ、聞きたまえ。」さっきの警察官が、とても大きな手帳と、とてもちびた鉛筆を手にして言った。「きみはあの若い女性の保護者かね？」

「気をつけろ！」何人かの声がした。その警察官は、ちょうど間にあって、うしろにとびのいた。馬が警察官をねらって、けりを入れたのだ。当たっていたら死んでいただろう。それから魔女は、馬を引きまわして、群衆にむきあった。馬のうしろ足は歩道にかかっている。魔女は長く輝くナイフを手にしている。そのナイフでいそがしく馬具を切り取って、馬車の残骸から馬を自由にしたところだった。

そのあいだじゅう、ディゴリーは魔女にさわれる場所へ行こうとがんばっていた。すぐそばに、あまりにも多くの人がいたため、なかなか近づけなかった。かと言って、むこう側へまわろうにも、ケタリーの家は地下の外壁まわりが掘り下げられていて鉄柵がめぐらされていたため、その鉄柵と馬のひづめとのあいだを通りぬけなければ、むこうへぬけられない。

馬について少しでも知っていれば、ましてや、この馬が今どんな状態にあるかわかっていれば、そんなことをするのはたいへん危険だとわかっただろう。ディゴリーは、馬のことをよく知ってはいたものの、歯を食いしばって、今だと思うときに飛び出そうとかまえていた。

そのとき、山高帽をかぶった赤ら顔の男が、人ごみをかきわけて前へ出てきた。

「おーい！　おまわりさん」と、男は言った。「あの女が乗っているのは、あっしの馬だ。あいつがばらばらにしちまったのは、あっしの馬車なんだ。」

「順番におねがいします、順番に。」警察官が言った。

「そんなひまはねえんだ」と、その御者は言った。「あの馬のことはよく知っている。

そんじょそこらの馬じゃねえんだ。あいつのおやじは、騎馬隊長官の軍馬だったんだ。あの若い女があのまま馬をけしかけちまったら、人が死ぬぞ。あっしにあれをまかせてくれ。」

警察官は、自分が馬から離れるのによい理由ができたとばかり、御者を通してやり、御者は一歩近づいて、ジェイディスを見あげ、さほど乱暴でない声でこう言った。

「さあ、おじょうさん、あっしにそいつの頭をつかませてくれ。そして、おりてくるんだ。あんたはレイディだ。こんなさわぎを起こすもんじゃねえ。おうちに帰って、おいしいお茶でも飲んで静かにしてなさい。そのほうがずっといいだろ。」

同時に、男は、「どうどう、ストロベリー、いい子だ、どうどう」と、言いながら馬の首に手をのばした。

すると初めて魔女が口をひらいた。

「犬め！」その冷たくはっきりとした声は、ほかの一切の音よりも大きくひびきわたった。「犬め、わが王族の馬に手をかけるでない。われこそは、皇帝ジェイディスなるぞ。」

第八章

街灯での戦い

「へえ、皇帝陛下であらせられたか。そいつはどうも。」野次馬から声がした。それから別の声がこう言った。

「トンデモの女帝に、万歳三唱！」

　それから、万歳を何度もさけぶ声がした。魔女は、顔をちょっと赤らめて、とてもかすかにおじぎをした。けれども、万歳の声は大笑いに変わっていき、魔女は自分がからかわれたのだと気がついた。魔女は表情を一変させ、左手にナイフを持ち替えると、いきなり、見るもおそろしいことをやってのけた。まるで当たり前のことのように、右手を高くのばして街灯からつき出ている横の棒をひとつ、軽やかにやすやすと、もぎとってみせたのだ。私たちの世界で魔法の力をいくらか失ったのだとしても、その力をすっかり失ったわけではなかった。まるでお菓子の棒のように、鉄の棒をポキッと折ることすらできたのだ。魔女は、この新しい武器を宙に放り投げて、もう一度それをつかむと、ふりまわしながら、馬を前へと、かりたてた。

「今だ、チャンスだ。」そう思ったディゴリーは、家の柵と馬とのあいだに飛び出して、前へ出た。ほんのしばらくのあいだでも馬がじっとしていてくれたら、魔女のかかとにさわれただろう。飛び出したディゴリーは、なにかがぶつかる嫌な音とドシンという音を聞いた。魔女がいちばんえらい警察官のヘルメットの上に鉄の棒をふりおろしたのだ。警察官は、ボウリングのピンのようにたおれた。

「急いで、ディゴリー。やめさせなきゃ。」背後で声がした。ベッドから出てもいいというお許しをもらったとたんに外へ駈けでてきたポリーだった。

「いいところに来てくれた。」ディゴリーが言った。「ぼくをしっかりつかんでいてくれ。指輪のことはきみにまかすよ。いいね。黄色いほうだよ。ぼくがいいってさけぶまで、つけちゃだめだよ。」

また、ドシンという音がして、警察官がもうひとりたおれた。群衆から、怒ったうなり声がした。

「あいつをやっつけろ。敷石を投げつけろ。軍隊を呼べ。」

そう言いながらも、たいていの人は、できるかぎり遠ざかっていった。ただ、この場所にいる人のなかで明らかに最も勇敢で最もやさしい御者は、馬のそばにいて、鉄の棒をさけるためにあちらこちらへ逃げながら、ストロベリーの頭をなんとかつかまえようとがんばっていた。

群衆は不満の声をあげて、またさけんだ。石がディゴリーの頭の上を、ヒューンと音をたてて飛んでいった。すると、魔女の声が大きな鐘のように、はっきりと、まるでうれしがっているかのようにひびきわたった。

「クズどもめ！　おまえたちの世界を支配したら、思い知らせてやる。おまえたちの街を石ひとつ残らないようにしてやる。おまえたちの街は、チャーンや、フェリンダや、ソーロイスや、ブラマンディンの二の舞となるのだ。」

ディゴリーは、とうとう魔女の足首をつかんだ。魔女は、かかとでけり返してきたので、ディゴリーは口をガツンとやられ、痛くて手を放してしまった。くちびるが切れ、口が血だらけだ。どこかすぐ近くから、ふるえるさけび声のようなアンドルーおじさんの声がした。

「マダム。わがレイディ、どうかおねがいだ。おちついてください。」

ディゴリーは、もう一度魔女の足首をつかみ、またけり払われた。さらに多くの男たちが、鉄の棒でたおされている。ディゴリーは三度めでやっとしっかりつかみ、必死ですがりつきながら、ポリーにさけんだ。

「今だ！」

するとありがたいことに、怒っておびえている多くの顔が消え、わあわあという怒声や悲鳴が聞こえなくなった。アンドルーおじさんのなげく声だけが、暗闇のなか、ディゴリーのすぐそばで、こんなふうに聞こえた。「うわぁ、うわぁ、これは幻影か、この世のおわりか。たえられない。ひどすぎる。わしは魔術師になるつもりなどなかったんだ。なにもかも誤解だ。わしの名づけ親のせいだ。こんなのは嫌だ。体もすぐれないというのに。ドーセット州のとても由緒ある家系なんだぞ。」

「なんてこった！」と、ディゴリーは思った。「おじさんまで連れてきちゃうなんて。ひどいことになったぞ。ポリー、いるかい？」

「ええ、ここよ、押さないでよ。」

「押してないよ」と、ディゴリーは言いはじめたが、それ以上言う前に、ふたりの頭は森の緑の温かい日光のなかへ出てきた。池からあがったとき、ポリーがさけんだ。

「まあ、見て。あの馬も連れてきちゃったわ。それにケタリーさんまで。それから御者のおじさんも。たいへんなことになっちゃったわ！」

　魔女は、自分がふたたび森にやってきたとわかると、真っ青になって、馬のたてがみに顔がふれるほどうなだれた。かなり気分が悪そうだ。アンドルーおじさんは、ふるえていた。しかし、馬のストロベリーは頭をふり、うれしそうにいないて、気分がよさそうだ。ディゴリーは、この馬がこんなにおだやかになったのを見るのは、初めてだった。さっきまでうしろにぺたんとたおれていた耳は、ぴんと立って、メラメラと燃えるようだった目もおだやかになっていた。

「いいぞ、おちつけ。」

「ようし、いい子だ」と、御者のおじさんがストロベリーの首をたたいた。

ストロベリーは、とても自然なことをした。とてものどが渇いていたので（無理もない）、ゆっくりといちばん近い池へ歩いていって、そこに入り、水を飲もうとしたのだ。ディゴリーは、まだ魔女の足首をつかんでいて、ポリーはディゴリーの手をにぎっていた。御者の手はストロベリーにかかっていた。そして、アンドルーおじさんは、まだかなりふるえながら、御者のもういっぽうの手にしがみついていた。

「急いで。」ポリーがディゴリーを見て言った。「緑よ！」

こうして馬は水を飲むことができなかった。その代わりに、一同は暗闇のなかへとしずんでいったのだ。ストロベリーは、いなないた。アンドルーおじさんは、泣き言を言った。ディゴリーは、「うまくいった」と言った。

少し間があった。それから、ポリーが、「もう着いてもいいんじゃない？」と言った。

「どこかには、いるようだよ」と、ディゴリーが言った。「少なくとも、ぼく、なにかかたいものの上に立ってる。」

「あら、あたしもだわ、考えてみれば」と、ポリーが言った。「でも、どうしてこんなに暗いのかしら？　池をまちがえたんじゃないの？」

「きっとここがチャーンなんだよ」と、ディゴリー。「ただ、真夜中にもどってきたんじゃないかな。」

「ここはチャーンではない」と、魔女の声がした。「ここは、からっぽの世界だ。ここは《無》だ。」

たしかに、ここは《無》のようだった。星はなく、たがいが見えないほどとても暗くて、目を閉じているのか、あけているのか、わからない。足の下には、地面かもしれない、なにか平らで冷たいものがあるが、草や木でないことはたしかだ。空気は冷たく乾いていて、風はない。

「わが最期の時が来たのだ」と、魔女がおちつき払った、おそろしい声で言った。

「ああ、そんなことを言わないでください。」アンドルーおじさんが、ぶつぶつ言った。「わがレイディ。どうかそんなことは、おっしゃらずに。そんなひどいことはない。御者くん、きみ、ひょっとして酒を持っていないかね。ほんの一杯やりたいんだが。」

「さあさあ、みなさん。」御者のしっかりとした、たのもしい声がした。「おちついてくださいよ。だれもけがをしなかったね。よろしい。そいつはまず、ありがたいじゃないか。あんなふうに落ちたっていうのに。さて、あっしらがどっかの穴に落っこちたんだとしたら――地下鉄の新しい駅かなんかを掘ってるところに落っこちたのかもしれないが――だれかがすぐにやってきて、助けてくれますよ。それに、あっしらが死んでたら――ありえねえとは言えませんからね――海ではもっとひどいことがあるし、人はどうせ、いつか死ぬもんだってことを思い出さなきゃいけません。まともな暮らしをしているかぎり、こわがることはなんもねえんだ。あっしに言わせりゃ、時間をすごすいちばんの方法は、賛美歌を歌うことだと思いますね。」

そして、御者のおじさんは賛美歌を歌った。時のはじまり以来、なにひとつ育ったことがなさそうな場所で歌うのには、ふさわしくはなかったが、おじさんがいちばんよく覚えていた歌だった。おじさんは美声で、子どもたちもいっしょに歌った。とても楽しくなった。アンドルーおじさんと魔女は歌わなかったけれども。

賛美歌のおわりのほうになって、ディゴリーは、ひじのところをだれかがつついているのを感じて、ブランデーと葉巻と上等の服のにおいから、アンドルーおじさんにちがいないと思った。アンドルーおじさんは、そっとディゴリーをほかの人たちから引き離そうとしていたのだ。少し離れたところで、おじさんは、ディゴリーの耳がくすぐったくなるほどものすごく口を近づけて、こうささやいた。

「さあ、ディゴリー。指輪をはめろ。ここから逃げるんだ。」

けれども、魔女はとても耳がよかった。「ばかめ！」という声がして、魔女が馬から飛びおりた。「私が人の考えを読み取れることを忘れたのか。その子を放せ。裏切るつもりなら、この世のはじまりからだれも聞いたことのないような、おそろしい復讐（しゅう）をおまえにしてやるぞ。」

「それに」と、ディゴリーがつけくわえた。「ぼくが、ポリーや御者のおじさんをこんなところに置いてきぼりにして逃げるようなブタ野郎だと思ったら大まちがいだ。」

「生意気な、いたずらぼうずめ」と、アンドルーおじさんは言った。

「静かに！」と、御者のおじさんが言ったので、みんな耳をすました。

真っ暗ななか、ついになにかが起こっていたのだ。歌声が聞こえた。とても遠くからだ。ディゴリーには、どの方角から聞こえてくるのか、わからなかった。あらゆる方角から一度に聞こえてくるようでもあれば、足もとの地面から聞こえているようにも思えた。低い音は地面の声と思えるほど低く、歌詞はない。メロディーさえないと言ってもいいくらいだ。しかし、それは、ディゴリーがこれまでに聞いたどんな歌ともくらべようもないほど、はるかに美しいものだった。美しすぎて、聞いていると、せつなくてがまんできなくなるほどだった。馬も気に入ったようで、うれしそうにいななないた。それはちょうど、馬車馬として何年も働いたあとに子馬のときに遊んだ古い牧場にもどってきて、なつかしい人がおいしい角砂糖をくれようとして野原のむこうからやってくるのを見つけたときのような、うれしそうないななきだった。

「すげえな！」と、御者のおじさんが言った。「こいつはすてきじゃねえか？」

それから、不思議なことがふたつ同時に起こった。ひとつは、その歌声に突然、ほかのいくつかの声が加わったことだ。数え切れないほどたくさんの声が唱和していたが、音階はずっと高く、冷たく、銀のようにきらめく声だった。ふたつめの不思議は、頭上の暗いところに、きらめく星々がふいに光りだしたことだ。夏の夜空のように、ゆっくり、ぽつりぽつりぽつりと現れるのではなく、真っ暗だったところに一瞬にして何千もの光の点がパッと飛び出たのだ。私たちの世界の星々よりもずっと明るくて大きい星や、星座や、惑星だ。夜空には雲ひとつない。新しい星々と新しい歌声は、まったく同時に、急に現れ、急に聞こえたのである。みなさんがディゴリーのようにそれを見聞きしたら、歌っているのはこの星々にちがいないと感じたことだろう。そして、これらの星を出現させ、歌わせたのは、最初の低い声だと思ったはずだ。

「栄光あれ！」と、御者のおじさんが言った。「こんなことがあるってわかってたら、あっしはもっとましな人間になってただろうになあ。」

地上から聞こえるその声は、ますます高らかに、ますます勝ちほこるように歌っていた。しかし、空から聞こえる声は、しばらくいっしょに大きく歌ったあと、だんだん聞こえなくなっていった。こんどは、別のことが起ころうとしていたのだ。

遠くのほう、地平線近くで、空が黒から灰色に変わっていった。とてもさわやかなそよ風が吹きはじめた。空は、そこだけゆっくりと、どんどん青白くなっていく。山々の形が黒くくっきりと浮かびあがった。そのあいだじゅうも、声は歌いつづけている。

やがて、おたがいの顔が見えるほど明るくなり、御者とふたりの子どもたちは、口をぽかんとあけて、目を輝かせた。みんな、なにかを思い出そうとするかのように、歌声をむさぼるように聞いていた。アンドルーおじさんの口もあいていたが、うれしくてあいたのではなく、ただ、あごがガクンと落ちただけという感じだ。肩をすくめて、ひざをブルブルとふるわせていた。声が嫌でたまらなかったのだ。逃れられるなら、ネズミの穴にだってもぐったことだろう。しかし、魔女は、だれよりも、この音楽をわかっているようすだった。だまったまま、くちびるをきっとむすび、こぶしをかためていた。歌がはじまってからずっと、魔女は、この世界が自分の魔法とはちがう、もっと強力な魔法に満ちていると感じていたのだ。とんでもないことだと、魔女は怒った。あの歌をやめさせることができるなら、この世界、いや全世界をこなごなにしたっていいと思っていた。馬は耳を前にむけて、ぴくぴく動かしながら立っていた。ときどき鼻を鳴らし、地面を踏みしめた。もはや、くたびれた馬車馬のようには見えず、なるほどりっぱな軍馬から生まれた馬だとわかるどうどうたるようすをしていた。

東の空が白からピンクに、そしてピンクから金色へと変わっていった。声はどんどん大きくなって、あたりの空気をピリピリと振動させた。そして最も強く、最も荘厳なひびきにまでふくれあがったそのとき、太陽がのぼった。ディゴリーは、こんな太陽を見たことがなかった。チャーンの廃墟にあった太陽は、私たちの太陽よりも古かったが、この太陽は新しく見えたのだ。まるでのぼりながら、うれしくて笑っているようだ。その光が大地にあふれると、みんなは自分たちがどんなところにいたのか初めて知った。そこは谷で、流れの速い大きな川が、うねりながら東の太陽のほうへ流れていた。南には山々があり、北には低い丘がつづいている。ただ、谷には土や岩や水があるばかりで、木やしげみや草は見当たらない。土はいろいろな色をしており、新鮮で、温かく生き生きとしており、見ているだけで気持ちが高まった。そして、ついに、歌っているそのひとが見えてきたとき、ほかのなにもかもがどうでもよくなった。

歌っていたのは、ライオンだった。大きくて、たてがみがふさふさして、光り輝いていて、のぼる太陽に顔をむけていた。口を大きくあけて歌っており、三百メートルほど先にいた。

「おそろしい世界だ」と、魔女が言った。「すぐに逃げなければ。魔法を準備するのだ。」

「おっしゃるとおりです、マダム」と、アンドルーおじさんが言った。「まったく嫌なところだ。文明のかけらもない。私がもっと若ければ、そして銃でもあれば。」

「ふざけるな！」と、御者のおじさんが言った。「まさかあのかたを撃とうなんて、思っちゃいまいね。」

「だれがそんなことを」と、ポリー。

「魔法を準備せよ、おろか者め」と、ジェイディス。

「もちろんです、マダム。」アンドルーおじさんは、ずるそうに言った。「子どもたちに、私にさわるようにさせなければなりません。ディゴリー、すぐに家に帰る指輪をはめろ。」おじさんは魔女を連れずに逃げようとしたのだ。

「ああ、指輪なんだな？」ジェイディスがさけび、あっという間にディゴリーのポケットに手をつっこもうとしたが、ディゴリーはポリーの手をにぎってさけんだ。

「気をつけろ。おまえたちどちらかが、ほんの少しでも近づいたら、ぼくらふたりは消えて、おまえたちはここに永遠にとり残されることになるぞ。そうだ。ぼくのポケットには、ポリーとぼくを家に帰してくれる指輪がある。そして、いいか。ぼくの手は、すぐにそれがつかめるんだ。だから、離れていろ。」それから、御者のほうをむいて「おじさんのことは申しわけなく思います」と言った。「それから馬のことも。でも、しょうがないんだ。」それから、ディゴリーは、アンドルーおじさんと魔女を見て言った。「おまえたちは魔術師だから、なかよくいっしょに暮らすがいいさ。」

「まあ、おだまりなさい、みなさん」と御者が言った。「私はあの音楽が聴きたいんだ。」

というのも、歌が変わっていたのだった。

第九章

ナルニアのはじまり

ライオンは、がらんとしたその世界で、行ったり来たり歩きながら、新しい歌を歌っていた。それは、星々が太陽を呼びだしたさっきの歌より和やかで軽快だった。やさしいさざ波のような音楽だ。ライオンが歩きながら歌うと、谷は、葉がしげって緑の谷になった。まるで水がひろがっていくように、ライオンから緑がひろがっていくのだ。小さな丘々の中腹を、波のようにのぼっていく。数分もすると、遠くの山々のふもとまで緑が押し寄せ、その新たな世界は刻一刻と和やかになっていった。そよ風が、草間をさわさわと音をたてて通るのが聞こえる。やがて、草のほかにもいろいろな植物が生えてきた。山の峰々は、ヒースで黒っぽくなっていった。谷には、もっとゴツゴツ、トゲトゲとした緑がひろがっていった。すぐ近くにやってくるまで、ディゴリーには、それがなにかわからなかった。小さな、先のとがったものから何十本もの腕がにょきにょきのび、その腕が緑でおおわれていき、一秒に一センチ以上の速さで大きくなっている。そうしたものがディゴリーのまわりに、もう何十本もあった。

自分の背たけほどになってきたとき、ようやくなんだかわかった。

「木だ！」と、ディゴリーはさけんだ。

ポリーがあとで語ったところによれば、こまったのは、それをおちついて見ている余裕がなかったことだ。ディゴリーが「木だ！」とさけんだそのとき、ディゴリーはとびあがらねばならなかった。アンドルーおじさんがまたこっそりとそばにやってきて、ポケットから指輪をぬすもうとしたのだ。もっとも、おじさんはまだ緑の指輪のほうで家に帰れると思って、右側のポケットをねらっていたので、かりにうまくいったとしても、なんの意味もなかった。もちろん、ディゴリーは、どちらの指輪もとられたくはなかった。

「やめろ！」と、魔女がさけんだ。「さがれ。いや、もっとさがれ。この子たちから十歩以内に近づいてみろ、その脳みそをたたき出すぞ。」魔女は、街灯からちぎりとった鉄の棒を、いつでも投げられるようにかまえていた。どういうわけか魔女が投げれば、ねらいをはずさないことは、だれもが疑わなかった。

「なるほど！」と、魔女は言った。「おまえは、その子を連れて自分の世界にこっそりともどって、私をここに置いていく気だったのだな。」

それまでこわがっていたアンドルーおじさんも、ついに堪忍袋の緒が切れてさけんだ。「そうだ、そのとおり。まさにそうしようとしていたさ。そうしてなにが悪いんだ。あんたは、まったくわしをはずかしめ、ひどいあつかいをした。こちらはできるかぎり礼節をつくしたというのに。その見返りがなんだ。あんたは強盗を働いた。そう、何度でも言ってやる。りっぱな宝石商からぬすんだんだ。あんたは、豪勢とまでは言わないまでも、ものすごく高価な昼食をごちそうするようにとわしに強く求め、そのためにわしは時計と鎖を質に入れなければならなかった。（そして、いいか。うちの家系じゃ、だれも質屋なんかにめったに行かないんだ。いとこのエドワードは別だが。あいつは自作農の身分だからな。）あの消化に悪い食事の最中――今でもムカムカする――あんたのふるまいと会話は、あそこにいたみんなに、おどろかれ、あきれられていたじゃないか。わしは、公衆の面前で、恥をかかされたんだ。あのレストランには二度と顔を出せない。あんたは警察をおそい、ぬすみを働き――」

「おい、やめろ、だんな。やめときな」と、御者のおじさんが言った。「今はよく見て、耳をすますときだ。しゃべっている場合じゃねえ。」

たしかにいろいろと、見たり聞いたりすべきものがあった。ディゴリーが初めに気にとめた木は、今やすっかり大きなブナの木になり、ディゴリーの頭上でゆっくりゆれていた。みんなは、ひんやりした緑の草の上に立っている。ヒナギクや、キンポウゲの花があちこちに咲いていた。少し離れたところでは、川岸に沿ってヤナギが生えている。対岸には、花ざかりのスグリ、ライラック、野バラ、シャクナゲの花が咲き乱れて、こちらに押し寄せてくる勢いだった。馬は新たに生えてきた草を、おいしそうに口いっぱいにほおばった。

このあいだ、ずっと、ライオンは歌いながら、前へうしろへ、右へ左へ、どうどうと歩きつづけていた。ライオンがむきを変えるたびに、少しずつこちらに近づいてくるので、ちょっとこわいとディゴリーは思った。ポリーは、起こっていることは音楽と関係があるのだとわかりはじめたので、歌がどんどんおもしろくなってきた。濃いモミの木立が百メートルほど先の尾根の上に生えていったとき、ポリーは、それが、ライオンが一秒前に歌った深く長い音のつながりと結びついていると感じた。そして、ライオンの歌声がすばやく軽快になったとき、あたり一面にサクラソウがにわかに咲きだしたのを見ても、ポリーはおどろかなかった。こうしてポリーは、あらゆるものが(ポリーのことばによれば)ライオンの頭のなかから生まれ出ているのだとわかって、口もきけないほど興奮したのだ。ライオンの歌に耳をかたむけると、ライオンが作りあげているものが聞こえてくる。まわりを見まわせば、それが見える。これは、とてもわくわくすることだったので、ポリーはちっともこわくなかった。けれども、ディゴリーと御者のおじさんは、むきを変えるたびにどんどん近づいてくるライオンを感じて緊張せずにはいられなかった。アンドルーおじさんは、歯がガタガタふるえ、脚があまりにもなよなよして、逃げ出すこともできなかった。

ふいに魔女が大胆にもライオンのほうへ歩みよった。ライオンはゆっくりと、重い足取りで、歌いながら近づいてくる。もう十メートルほどのところにやってきた。魔女は腕をあげ、ライオンの頭めがけて鉄の棒を投げつけた。

その距離であれば、もちろん、ねらいがはずれることなどなかった。棒は、ライオンの眉間にガツンと当たり、はね返って草のなかにドスンと落ちた。ライオンは立ち止まらない。相変わらず、歩く速度をおそめも速めもせず、まるでなにかをぶつけられたことに気づいていないかのようにまっすぐ近づいてくる。やわらかい肉球のせいで足音はしなかったが、ライオンの重みで大地がふるえるのが感じられた。

魔女は悲鳴をあげて逃げ出し、その姿はすぐに木々のあいだに見えなくなった。アンドルーおじさんも逃げ出したが、木の根っこにつまずいて、大河に流れこむ小さな小川に顔からつっこんでしまった。子どもたちは、動けない。動きたいという気持ちなのかどうかもわからなかった。ライオンは、子どもたちには見むきもしない。大きな赤い口をあけていたが、それはうなるのではなく、歌っていたからだった。ライオンは、子どもたちのすぐ近くを通っていく。たてがみにさわれるくらいだ。首を曲げてこちらを見やしないかと恐れたが、不思議なことに、そうしてほしいとも思った。ところが、ライオンはまったく見むきもしなかったから、まるで子どもたちなど目に見えず、においもしないも同然のようだった。ライオンは通りすぎ、数歩先まで行ってからふり返り、もう一度子どもたちの前を通りすぎ、東のほうへ歩みつづけていった。

アンドルーおじさんは、咳ばらいをし、水をはねちらかしながら立ちあがった。

「さあ、ディゴリー」と、おじさんは言った。「あの女もいなくなった。おそろしいライオンもいなくなった。手をつないで、すぐに指輪をはめなさい。」

「離れてろ」と、ディゴリーは、おじさんからあとずさりして言った。「ポリー、おじさんから離れていて。ぼくのそばに、こっちに来て。いいか、アンドルーおじさん、一歩でも近づいてみろ。ぼくたち、消えるからな。」

「今すぐ、言われたとおりにしなさい」と、アンドルーおじさんは言った。「まったく聞きわけのない悪い子だ。」

「とんでもない」と、ディゴリーは言った。「ぼくたちはここにいて、なにが起こっているか見るんだ。おじさんは、ほかの世界のことを知りたかったんじゃないのかい。ここに来てよかったとは思わないのかい。」

「よかっただと！」アンドルーおじさんは、さけんだ。「わしがどういう目にあっているか、見るがいい。これは一張羅の上着とチョッキなんだぞ！」おじさんはたしかにひどい姿になっていた。もちろん最初におめかしをしていればいるほど、つぶれた馬車から這い出して、泥の小川につっこんだあとでは、さらにひどいようすに見えるものだ。

「わしは、ここに興味がないと言ってるのではない」と、おじさんが言った。「もっと若ければ、元気な若者をここにまず来させたかもしれない。一攫千金を夢見る狩人のようなやつをな。この国を利用して利益が出せたかもしれない。気候はすばらしいし、こんな空気を吸ったことはないからな。もし条件さえよければ、わしの健康にもよかったのかもしれない。おしいのは、銃を持ってこなかったことだ。」

「銃なんていけません。」御者のおじさんが言った。「あっしは、ちょいと行って、ストロベリーの体をこすって、ふいてやります。馬ってのは、人間よりもデリケートなやつですからね。」おじさんは、ストロベリーのところに歩いてもどって、馬番がよくやるようなシーという音を出した。

「あのライオンが銃で殺せるとでも、まだ思っているんですか？」ディゴリーは、たずねた。「鉄の棒が当たっても、へっちゃらだったのに。」

アンドルーおじさんは答えた。「まあ、あの女は、生意気な娘だ。あんなおてんばなことをして。」おじさんは、魔女がここにいたときにどんなに自分がこわがったかをまた忘れてしまったようだ。手をもみあわせて、指をポキポキと鳴らした。

「ひどいことをしたわ」と、ポリーは言った。「あのライオンがあの人にどんな悪いことをしたっていうの？」

「おや、あれはなんだろう？」と、ディゴリーが言った。そして、数メートル先にあるなにかを調べようと、さっと前へ駈けだした。

「ねえ、ポリー。」ディゴリーは、ふり返ってさけんだ。「ほら、見においでよ。」

アンドルーおじさんもいっしょに来た。見たかったからではなく、子どもたちのそばにいたかったからだ。そばにいれば、指輪をぬすめるかもしれないと思ったのだ。

ところが、ディゴリーが見ているものを目にすると、おじさんでさえ「おや？」と思った。それは、小さな、非常によくできた街灯の柱の模型で、九十センチほどなのだが、みるみるうちに大きく太くなってきて、さっきの木々と同じように、ずんずん育っていくのだった。

「生きてる──ほら、明かりがついてるよ」と、ディゴリーが言った。そのとおりだった。とは言え、もちろん、太陽が明るすぎたので、ランプの小さな炎は、人のかげに入らなければ見えづらかった。

「これはおどろいた。まったくおどろいた」と、アンドルーおじさんはつぶやいた。「わしでさえ、こんな魔法があろうとは夢にも思わなんだ。ここではなにもかも、街灯の柱でさえ、生きて育っているんだ。だが、街灯はどんな種から育ったんだろう？」

「わからないんですか」と、ディゴリーが言った。「これは、あの鉄の棒が落ちたところだよ。魔女が家の前の街灯から引きちぎった、あの鉄の棒が地面にうまり、こんどは新しい街灯としてのびてきたんだ。」（しかし、新しいと言っても、ディゴリーがそう言っているうちに、もうディゴリーの背ぐらい高くなっていた。）

「そうだ。すごいぞ、すごいぞ」と、アンドルーおじさんは、さっきより強く手をもみながら言った。「ほほう！　わしの魔法を笑っておったな。おろかな妹は、わしの頭がいかれたと思っていた。こいつを見やがれってんだ。わしは、なにもかも生きていて成長する世界を見つけたのだ。コロンブスのようなものだ。コロンブスは有名だが、これにくらべればアメリカ大陸がなんだというのだ。この国の商業的価値は計りしれない。ここに古い鉄くずを少し持ってきてうめれば、新しい鉄道の蒸気機関車や軍艦や、なんでも好きなものが手に入る。しかも、金はかからない。わしはそいつをイングランドでいい値をつけて売ってやろう。億万長者になるぞ。しかもこの気候！　こもう何年も若返ったように思える。ここを健康リゾートとして運営してもいいな。ここに大きなサナトリウムを建てれば、年収二万もかせげるだろう。もちろん何人かの人に秘密を打ち明けなければならぬが、まずやらねばならんのは、あのライオンを撃ち殺すことだ。」

「あなたはあの魔女とおんなじね」と、ポリーが言った。「考えることといえば、殺すことばっかり。」

おじさんは、かまわず、しあわせな夢を見つづけていた。「わし自身は、ここで暮らせば、どんなに長生きできるかわかりゃしない。六十すぎの男にとっちゃ、こいつはたいしたことだ。この国なら、まったく年をとらないとしても、おどろきはしない。すばらしい若さの国だ。」

ディゴリーがさけんだ。「なんだい、若さの国だって！　本当にそう思うのかい？」もちろん、ディゴリーが思い出したのは、ブドウを持ってきてくれた女性にレティおばさんが言ったことだった。あのあまい希望がどっと押し寄せてきた。「アンドルーおじさん、ここにあるなにかがお母さんを治したりできないかな？」

「なにを言っているんだ？」アンドルーおじさんは言った。「ここは薬屋じゃないぞ。だが、さっきも言ったとおり――」

「おじさんは、お母さんのことなんか、ちっとも気にかけちゃいないんだ。」ディゴリーは怒って言った。「ぼくのお母さんは、おじさんの妹でもあるんだから、ちょっとは心配してくれているのかと思ってた。まあ、いいや。おじさんがダメなら、あのライオンさんに聞いてみるよ。」そう言うと、ディゴリーはむきを変えて、さっさと立ちさった。ポリーはしばらくためらっていたが、やがてそのあとを追いかけた。

「おい、待て。もどってこい。いよいよおかしくなっちまったか。」アンドルーおじさんが言った。おじさんは用心して、距離をあけながら、子どもたちのあとをついていった。というのも、緑の指輪から離れたくないと同時に、ライオンに近寄りたくもなかったからだ。

しばらくすると、ディゴリーは、森のはずれにやってきて、そこで立ちどまった。ライオンは、まだ歌っている。しかし、歌はふたたびちがったものになっていた。こんどは、メロディーがあるとでも言えばよいだろうか。ずっと荒々しい歌になっていた。それを聞くと興奮して、走ったり跳んだり、なにかにのぼったりしたくなった。さけびたくもなった。おたがいに駆けよって、だきしめあうか、けんかをしたくもなった。ディゴリーの顔が赤く熱くなった。アンドルーおじさんもなにかを感じたようで、こうつぶやくのが聞こえた。

「おてんばな女だ。あの気性さえなければいいのに。だが、それにしてもいい女だ。まったくもっていい女だ。」ところが、この歌のせいでふたりの人間に起こったことなど、この国に起こったこととくらべれば、たいしたことではなかった。

みなさんは、草でおおわれた土地が、鍋のように、ブツブツわきたつなんて、想像がつくだろうか。そうとでも言わなければ、このとき起こっていたことを説明することはできない。大地は、あちこちにこぶができるように、ふくれあがっていた。大きさはまちまちで、モグラの山ほど小さいものもあれば、荷車ほどの大きさのものもあれば、小屋ぐらいの大きさのものも、ふたつほどあった。そして、もりあがったところが動いて、ふくれて、破裂して、こなごなになった土が、そこからふき出して、どの隆起した土地からも、動物が一匹ずつ出てきた。モグラは、ちょうど私たちの世界で土から顔を出すように出てきたし、犬たちは、頭を出したとたん、垣根の小さな穴を通りすぎるときのように身をよじらせながらワンワンと飛び出してきた。見ていていちばんへんだったのは、雄鹿だ。鹿の角がもちろん体よりもずっと先に出てきたので、木が生えてきたのかとディゴリーは思ってしまった。カエルは、川の近くに現れ、すぐにパシャンパシャンと川のなかに入っていき、ゲロゲロと大きな声で鳴きだした。パンサーやヒョウといったような動物はすわりこんで、おしりから土をなめ落としていたかと思うと、今度は立ち上がるようにして木をひっかいて前足の爪をといだ。木々からドッと鳥が飛び出してきた。蝶々がパタパタと舞っている。ハチが大いそがしで、花のあいだを飛びまわる。しかし、なかでもすごかったのは、とりわけ大きくもりあがった地面がちょっとした地震のようにゆれて、こわれ、そこから大きな背中が現れ、かしこそうな頭がもちあがり、ぶかぶかのズボンをはいたような脚をしたゾウが出てきたときだった。このころには、もうライオンの歌は、ほとんど聞こえなくなっていた。カラスのカーカー、ハトのクークー、オンドリのコケコッコー、ロバのバーバー、馬のヒヒーン、犬のワンワン、牛のモー、羊のメーメー、そしてゾウのパオーという、鳴き声という鳴き声がうるさくひびいていたからだ。

けれども、ライオンの声は聞こえずとも、姿は見えた。とても大きくて、輝いていたので、ディゴリーは目が離せなかった。ほかの動物たちは、ライオンをこわがっているようすもない。ちょうどそのとき、ディゴリーの背後から、ひづめの音が聞こえてきて、一瞬のうちに、例の年老いた馬車馬がそばを駈けぬけて、ほかの動物たちといっしょになった。（ここの空気がアンドルーおじさんにさわやかに感じられたように、どうやらこの馬にも気持ちよく感じられたようだ。もはや、ロンドンにいたときのあわれな、年老いた奴隷のようではなく、足どりも軽く、胸を張っていた。）こうして、ついにライオンは、すっかり歌うのをやめた。動物たちのあいだを行ったり来たりしている。ときどき二匹の動物（かならず、つがいになっていた）のところへ行って、その鼻を自分の鼻でさわった。たくさんいるビーバーたちのなかの一組のビーバーのオスとメスにさわり、たくさんいるヒョウたちのなかの一組のヒョウのオスとメスにさわり、たくさんいる鹿たちのなかの一組の鹿のオスとメスだけにさわったのだ。ライオンは、ある種の動物たちには、ふれずに通りすぎた。ライオンにふれられた動物たちのつがいは、仲間から離れて、ライオンについていった。とうとうライオンは立ち止まり、ライオンにふれられた動物たちはそのまわりで大きな輪になった。ふれられなかった動物たちは、みんなちりぢりに去っていき、その鳴き声は、やがて遠く聞こえなくなった。選ばれた動物たちはそこに残って、だまったまま、目をじっとライオンに注いでいた。ネコの仲間の動物は、ときどきしっぽをピクンと動かしたが、それ以外は全員動かなかった。その日初めて完全な沈黙がおとずれたのだ。聞こえるのは、小川のせせらぎばかりだ。ディゴリーの心臓がドキドキと激しく打った。

これから、とてもおごそかなことが行われると思ったからだ。ディゴリーは、お母さんのことを忘れていなかったが、たとえお母さんのためであっても、これから起きることのじゃまをしてはならないとよくわかっていた。

ライオンは、まばたきひとつせず、まるで見つめただけで燃え上がらせることができるかのように、厳しく動物たちを見つめた。すると、ゆっくりと、全員に変化が起こった。小さな動物たち——ウサギやモグラといったような小動物たち——は、ぐんぐん大きくなった。大きな動物たちは、ほんの少し小さくなった。それは、ゾウを見ているとよくわかった。うしろ脚をたたんですわっている動物が多く、たいてい、まるでなにか一所懸命理解しようとしているかのように首をかしげていた。ライオンは口をひらいたが、なんの音も発さず、ただ長く、温かい息を吐き出すだけだった。それは、まるで風が木々をゆらすように、動物たちをゆらした。青空のはるか上のほうから、姿をかくしていた星々が、また歌いだした。清らかな、冷たい、むずかしい音楽だった。それから、火のようなものが（だれもやけどをしなかったが）空からか、あるいはライオンそのものから飛んできて、パッときらめくと、子どもたちの体のなかの血という血がうずうずしてきた。そのとき、これまでに聞いたこともないほど深く荒々しい声がこう言った。

「ナルニアよ、ナルニアよ、ナルニアよ、目覚めよ。愛せよ。考えよ。話せ。歩く木々となれ。もの言う獣(けもの)となれ。神々しい流れとなれ。」

第十章

初めての冗談

それは、言うまでもなく、ライオンの声だった。子どもたちは、このライオンが口をきけることをずっと前からわかっていたが、実際に声を聞いてみると、うっとりする気持ちになると同時に、こわい気持ちにもなってドキッとした。

木々のあいだから、森の神々や女神たちがやってきた。それといっしょに、フォーンや、サテュロスや、こびとたちも出てきた。川からは、川の神が水の精の娘たちを連れてきた。そして、それらの人や獣や鳥たちが、高い声や低い声、あるいは太い声や澄んだ声で、いっせいにこう答えた。

「万歳、アスラン。ご命令に従います。私たちは目覚めました。私たちは、愛します。考えます。話します。わかります。」

「でも、まだよくわかりません」と、鼻息の荒い声がわりこんで言った。それを聞いて、子どもたちはすっかりとびあがってしまった。というのも、口をきいたのは、あの馬車馬だったからだ。

「まあ、ストロベリーだわ」と、ポリーが言った。「あの子がものを言う獣に選ばれてよかったわ。」

　このとき、子どもたちのとなりに立っていた御者のおじさんが言った。

「たまげたね。だけど、あっしがいつも言ってたとおりだ。あいつは頭がいいんだよ。」

「生き物たち、おまえたち自身を与えよう。」アスランの力強く、楽しげな声がした。「おまえたちに、このナルニアの地を永遠に与えよう。森と、くだものと、川を与えよう。星と私自身とを与えよう。私が選ばなかった、もの言わぬ獣たちもまた、おまえたちのものである。やさしくしてやり、いつくしみなさい。だが、もとの生き方にもどってはならぬ。もどれば、おまえたちはもの言う獣でなくなってしまう。というのも、おまえたちはそのなかから出てきたのであるから、またもとにもどることができるのだ。そうなってはならぬ。」

「はい、アスラン、もどりません。もどったりしません。」みんなが言った。元気のよいコクマルガラスが大声でつけくわえた。

「もどるもんか！」

　コクマルガラスがそう言う前に、ほかのみんなはしゃべりおえていたので、そのことばだけが、しんとしたところにかなりはっきりと、ひびきわたった。パーティーなどでそんなことがあると、どんなにきまりが悪いか、みなさんもご存じだろう。コクマルガラスは、どぎまぎしてしまって、まるでこれから眠るかのように、翼の下に顔をかくしてしまった。そのほかの動物たちは、てんでに不思議な音を出しはじめた。それは動物たちの笑い声だったが、もちろん、私たちの世界ではだれも聞いた人はいない。みんなは最初、笑いをこらえようとしたが、アスランが言った。

「笑いなさい。恐れることはない。生き物たちよ、もはやもの言わぬおろかな動物ではないのだから、いつもまじめである必要はない。正義と同様に、冗談も、ことばによってもたらされるものだ。」

そこで、みんなは思いきり笑った。とても陽気なさわぎになったものだから、コクマルガラス自身もまた勇気をとりもどして、馬車馬の頭上の、耳と耳のあいだにとまって、バタバタ羽ばたきながら言った。

「アスラン、アスラン、おいらがこの世界で最初の冗談を言ったのかい？　おいらが最初の冗談を言ったって、のちのちまで語りつがれるようになるのかい？」

「いや、小さな友よ」と、アスランは言った。「おまえは最初の冗談を言ってはいない。おまえが最初の冗談になっただけだ。」そこで、みんなはもっと笑ったが、コクマルガラスは気にもとめず、あんまり大声で笑ったので、馬にブルッと首をふられ、バランスをくずして落ちそうになった。だが、すんでのところで翼があったのを思い出し（まだ慣れていなかったのだ）、地面に落ちずにすんだ。

「さて」と、アスランは言った。「これでナルニアができあがった。私たちはこの国を安全に守るためにいろいろと考えていかなければならない。きみたちの何人かに、私の会議に出席してもらいたい。こびとの長よ、そこの川の神よ、そこのオークの木よ、そしてオスフクロウ、カラスの夫婦、オスのゾウよ。私のもとへ来なさい。話をしなければならない。この世界は生まれてまだ五時間しかたっていないが、邪悪な者がすでに入りこんでしまった。」

呼ばれた生き物たちは前へ出て、アスランについて東のほうにむかった。残ったものたちは、口々にこんなことを話しだした。

「なにが入ってきたって？――ジャークなものだ――ジャークなものってなあに？――ジャークじゃなくて、ジャラクって言ったんだよ――で、それって、なあに？」

「いいかい。」ディゴリーがポリーに言った。「ぼく、あのひと――つまり、アスラン、あのライオン――と話をしなくちゃ。」

「あたしたちにできるかしら？」と、ポリーは言った。「なんだかこわいわ。」

「話さなくちゃ。お母さんのことなんだ。もしお母さんに役に立つものをなにかくれるひとがいるとすれば、あのひとだと思う。」

「あっしがいっしょに行ってあげましょう」と、御者が言った。「あっしは、あのひと、のようすが気に入った。ほかの動物たちも、あっしらにむかってはこねえだろう。それに、ストロベリーとも話がしたいし。」

そこで三人は、勇気を出して——少なくとも、できるかぎりの勇気を出して——動物たちの集まりのほうへむかった。動物たちは、たがいに話すのにいそがしく、なかよくやっていたので、三人がかなり近くに来るまで気づかなかった。ましてや、遠くからさけんでいるアンドルーおじさんの声も聞こえなかった。おじさんは、ボタンのついたブーツをはいて、ふるえながら、つっ立ったまま、こうさけんでいた。（さけぶと言っても、声のかぎりではない。）

「ディゴリー、もどってこい。言われたら、すぐにもどってくるんだ。もう一歩も進んではならんぞ。」

三人が動物たちの集まりのまんなかに来たとき、動物たちは話すのをやめて、三人をじっと見た。

「おや。」ついにオスのビーバーが言った。「アスランの名にかけて、こいつらはなんだろう？」

「おねがいです」と、ディゴリーが息を切らしながら言いはじめたとき、ウサギが言った。

「大型のレタスじゃないかな？」

「いいえ、ちがいます。ほんと、そんなんじゃないんです。」ポリーが急いで言った。「あたしたちはぜんぜん食べられません。」

「おっと！」と、モグラが言った。「話せるよ。話せるレタスなんて聞いたことがあるかい？」

「こいつは、ふたつめの冗談じゃないのかな」と、コクマルガラスが言った。

それまで顔を洗っていたパンサーが、一瞬洗うのをやめて言った。

「冗談だとしても、最初のほどおもしろくないね。少なくとも、こいつらのどこがおもしろいのかわからないよ。」

そう言うと、あくびをして、また顔を洗いだした。

「ああ、どうか」と、ディゴリーが言った。「急いでるんです。ライオンに会いたいんです。」

そうしているあいだにも、御者のおじさんは、ストロベリーと目を合わせようとがんばっていた。そして、ようやくストロベリーがこちらを見てくれた。

「ストロベリー。なつかしいな。あっしを知ってるだろう。そこにつっ立って、あっしを知らねえとは言わせねえぞ。」

「こいつは、なにを言ってるんだ？　馬くん？」何匹かがたずねた。

ストロベリーは、とてもゆっくり言った。「よくわかりませんが、みなさんも、よくわかってないんじゃないかな。私は以前、こんなようなものを見た気がする。どこか別のところに住んでいて、自分も今の自分じゃなかった気がする。アスランが数分前にみんなを起こしてくれるまでのことは、なんだかとてもぼんやりしていて、夢のようだ。でも、その夢には、こんな三人がいたように思う。」

「なんだって？」と、御者が言った。「あっしがわからねえのか？　おまえがくたくたになった夕方に、あったかいふすまがゆを持っていってやったじゃねえか。おまえをきちんとこすって洗ってやったじゃねえか。寒がってるときには、おまえに布をかけてやったあっしを忘れたのか。まさか、おまえがそんなふうになるとは思っちゃいなかったよ、ストロベリー。」

「ようやく思い出してきました。」馬は、考えこみながら言った。「ちょっと待ってください。ちょっと待って。そう、あなたは、私のうしろにおそろしい黒いものをくっつけて、それから私を鞭打(むちう)って走らせ、私がどんなに走っても、その黒いものは、いつだってガタガタ、私のうしろからついてきたんです。」

「かせがなきゃならなかったからさ」と、御者は言った。「あっしと同じように、おまえも食わなきゃならなかった。それに、仕事もせず、鞭も当てないっていうなら、馬小屋だって干し草だって、ふすまがゆだってオート麦だって、手に入らなかったぜ。金が入ったときは、オート麦を食わせてやったじゃないか。そいつは、まちげえのねることだ。」

「オート麦ですって?」馬は、耳をピクンと立てて言った。「そんなようなものを覚えています。ええ、だんだん思い出してきました。あなたは、いつもどこか、うしろのほうにすわっていて、私はいつも前を走っていて、あなたとその黒いものをひっぱっていたんです。働くのは、いつも私ばかりでした。」

「夏のあいだはそうだ」と、御者は言った。「おまえは汗を流して走り、おいらはすましてすわってたけど、冬はどうだって言うんだ? おまえはあったかくしていて、おいらは足を氷のようにして、鼻は風に吹かれてちぎれそうになって、手がかじかんで、たづなもつかめないほどだったんだぜ。」

「ひどい、おそろしい国でした」と、ストロベリー。「草も生えておらず、かたい石ばかりでした。」

「そのとおりだ、おまえ、まったくだ!」と、御者は言った。「つらい世界だ。あの石だたみが馬にはよくねえって、あっしはいつも言ってたんだ。それが、ロンドンってとこだ。ひでえよ。あっしだって気に入っちゃいなかったよ、おまえと同じだ。おまえは田舎の馬だ。あっしも田舎の人間だ。田舎じゃ、聖歌隊で歌ったもんだったよ。だが、田舎じゃ、暮らしていけなかった。」

「ああ、おねがいです、どうか」と、ディゴリー。「話を進めてもらってもいいですか？　ライオンがどんどん遠ざかってしまいます。だけど、ぼくはどうしても、あのひとに話をしなければならないんです。」

「なあ、ストロベリー」と、御者。「この若者は、あのライオンに話があるんだ。アスランとかいう、あのひとに。できたらこの子を背中に乗せて（この子は、とても感謝すると思うよ）ライオンのいるところまで、ひとっ走り、行ってくれないか。あっしと、おじょうちゃんは、あとからついて行くから。」

「乗せるですって？」と、ストロベリーは言った。「ああ、思い出した。私の背中にすわるのですね。ずっと前に、あなたがた、二本足の小さな生き物がそんなことをしていたのを思い出しました。その人は、小さな、かたくて四角い白いかたまりを、私にくれました。それは、おいしくて、草よりも甘い味がしました。」

「そいつは角砂糖だ」と、御者。

「どうか、ストロベリー」と、ディゴリーは懇願した。「ぼくを背中に乗せて、アスランのところに連れてってって。」

「まあ、いいでしょう」と、馬は言った。「今回かぎりは。お乗りなさい。」

「それでこそストロベリーだ」と、御者は言った。「ほら、ぼっちゃん、乗っけてあげましょう。」

ディゴリーは、ストロベリーの背中に、楽々とまたがった。これまでも自分の子馬に鞍を置かずに乗っていたからだ。

「さ、行ってくれ、ストロベリー」と、御者。

「あなたは白いかたまりを持っていたりはしませんか？」

「今は持ってないんだ。」

「しかたがありませんね」と、ストロベリーは言って出発した。

そのとき、それまで鼻をくんくんさせて、じっと先を見つめていた大きなブルドッグが、こう言った。

「きみたちみたいなへんてこな生き物が、もうひとり、あっちの川のむこうの木の下にいるぞ。」

すると、動物たちはみなふり返って、アンドルーおじさんが、シャクナゲのしげみにかくれて見つからないようにじっと立っているのを見つけた。

「おいで。」いくつかの声がした。「行って、見てみよう。」

こうして、ディゴリーを乗せてすばやく駈けさるストロベリーのあとを、ポリーと御者が走って追いかけるいっぽうで、ほとんどの動物たちは、うなったり、吠えたり、ブウブウといった声をてんでにあげながら、なにがそこにいるのかとおもしろがって、アンドルーおじさんのほうへ押しかけた。

話を少しもとにもどして、アンドルーおじさんからこれまでどんなふうに見えていたのかを説明しておこう。子どもたちとはまったくちがったふうに、おじさんには見えていたからだ。というのも、どこにいるかによって、かなりちがって見えたり聞こえたりするものだし、見聞きする人がどんな人か次第でその意味も変わってくるからだ。

動物たちが生まれ出てきてからというもの、アンドルーおじさんは、どんどんあとずさりして、しげみのなかへ入っていった。もちろん、目を離すことはなかったが、動物たちがなにをしているのかにはあまり興味はなく、こちらに飛びかかってきたりしないかと、それればかりを心配していた。魔女と同じように、自分のことしか考えていなかったのだ。おじさんは、アスランが動物たちのなかからつがいを選んでいるのにも気がつかなかった。わかったのは、あるいはわかったと思ったのは、たくさんの危険な野生動物がうろうろと歩きまわっていることだけだ。そして、動物たちが大きなライオンからどうして逃げ出さないのだろうと、不思議に思っていたのだった。

あの偉大な瞬間がやってきて、動物たちが口をきくようになると、おじさんにはその意味がさっぱりわからなかったが、それには、こんな興味深いわけがあった。最初、まだ真っ暗でなにもなかったころにライオンが歌いはじめたとき、その音が歌であると、おじさんはわかっていた。ひどく嫌な歌だと思っていた。考えたくもないことを考えてしまい、感じたくもないことを感じてしまうからだ。それから太陽がのぼると、歌っているのはライオンだとわかった。(「なんだ、ただのライオンじゃないか」と、おじさんは思った。) おじさんは、あれは歌っているのではないし、今まで歌だと思っていたのは歌ではなくて、私たちの世界の動物園にいるライオンがするように、吼えているだけにちがいないと信じようとした。

「歌えるはずなんかあるもんか」と、おじさんは思った。「気のせいだったんだ。頭がどうかしちまった。ライオンが歌ってるところなんて、だれが聞いたことがあるかね。」

それからライオンがもっと長く、もっと美しい歌を歌うと、アンドルーおじさんは「あれは、吼えているにすぎないのだ」と、一所懸命自分に言い聞かせた。自分をさらにおろかにしようとがんばるときは、たいていうまくいってしまうものだ。アンドルーおじさんもそうだった。アスランの歌はうなり声だと思えてきたのだ。やがて、どうがんばっても、うなり声にしか聞こえなくなった。そして、ついにライオンが口をきいて、「ナルニアよ、目覚めよ」と言ったとき、ことばは聞こえず、やっぱりうなり声しか聞こえてこなかった。獣たちがそれに応えて口をきいても、おじさんにとっては、ただの吠え声や、うなり声や、鳴き声でしかなかったのだ。そして、動物たちが笑ったとき――まあ、想像してもみてほしい――それは、これまでアンドルーおじさんの身の上に起こったことのなかでも最悪のことだった。これほどおぞましく怒った獣たちの、血に飢えた騒々しい鳴き声を、おじさんは生まれてこのかた聞いたことがなかった。それから、ほかの三人の人間たちがその動物たちに会いに行こうとして、ひらけたところへ出ていくのを見て、おじさんは恐怖と怒りにふるえた。

「おろか者め！」おじさんは思った。「あの獣どもに、子どももろとも、指輪を食われてしまったら、わしは二度と帰ることができなくなってしまう。あのディゴリーは、なんて自分勝手なやつなんだ！　ほかのやつらもひどい。自分の命を捨てるつもりなら勝手にするがいいが、わしはどうなってしまうというのだ？　そのことを考えようともせんのだ。だれもわしのことを考えてくれない。」

ついに動物の群れ全体が、おじさんにむかって走ってくると、おじさんはむきを変えて、命からがら逃げ出した。そして、この若い世界の空気のおかげで、この老紳士がとても元気になっていることがはっきりした。ロンドンでは、おじさんはあまりにも年をとりすぎていて走れなかったが、今ではどんな高校の百メートル走でも一等賞になれそうな速さで走っているのだ。フロックコートのすそをひるがえして、かっこよく走っていた。けれども、もちろんどんなに走っても、むだだった。うしろから駈けてくる動物たちのほうがずっと速いのだ。さっき生まれたばかりで、初めて走り出した動物たちは、その新しい筋肉を使いたくてたまらなかったのである。

「追いかけろ！　追いかけろ！」みんながさけんだ。

「あいつが、ジャークとやらなんじゃないか？　ヤッホー！　それいけ、いけいけ！　つかまえろ！　逃がすな！　追いつけ！　フレー！」

数分もしないうちに、何匹かがおじさんより前を走っていた。みんなは一列になって、おじさんの行く手をさえぎった。あとから来たものは、うしろからおじさんをとりまいた。どこをむいても、おそろしい動物ばかりだ。雄鹿の角や、ゾウの大きな顔が、おじさんの上にそびえている。真剣なようすをしたクマやイノシシがうしろでうなっていた。すました顔のヒョウやパンサーが、おじさんをじっとにらんで（そう見えたのだ）、しっぽをふっている。とりわけ、ほとんどの動物が口をあけているのが、おじさんはとても気になった。動物は、本当は息をするために口をあけているのだが、おじさんには、自分を食べるために口をあけているように思えたのだ。

アンドルーおじさんはふるえながら、あちこち、うろうろしていた。今までも動物なんか好きだったことはなかったし、いつもひどくこわがってばかりだった。もちろん動物にひどい実験を何年もするようになって、なおさら動物のことを嫌ったり、恐れたりするようになっていた。

ブルドッグが事務的な口調で、「さて、きみは動物かね、植物かね、鉱物かね」と、たずねたが、おじさんには「グルルル！」としか聞こえなかった。

第十一章

ディゴリーとおじさんのピンチ

動物たちには、どうして、アンドルーおじさんが、ふたりの子どもたちや御者のおじさんと同じ種類の生き物だとすぐわからなかったのだろうか。それがわからないとはおろかだと、みなさんは思うかもしれない。けれども、動物たちは、服などというものをまったく知らないということを、どうぞ忘れないでほしい。ポリーのワンピースも、ディゴリーのノーフォーク風のベルトつきジャケットも、御者のおじさんの山高帽も、動物たちの毛皮や羽と同じように体の一部だと思えたのだ。もし三人が動物たちに話しかけず、そしてまたストロベリーがこの三人を同じ仲間だと考えているようすを見せなければ、動物たちにはアンドルーおじさんが生き物だと思いつきさえしなかったかもしれない。アンドルーおじさんは、子どもたちよりもずっと背が高く、御者のおじさんよりかなりやせていた。白いチョッキ（今ではかなり黄ばんでいたが）のほかは、真っ黒い服を着ていたし、白髪のもじゃもじゃ頭（今ではめちゃくちゃに乱れていたが）は、ほかの三人の人間とは、かなりちがっているように見えた。

それゆえ、動物たちが混乱したのも無理はなかった。しかも最悪なことに、おじさんは口をきくことすらできないようだった。

おじさんは、口をきこうとはしてみたのだ。ブルドッグから話しかけられたとき（おじさんにとってみれば、最初はうなって、それから吠えたてられたと思えた）、おじさんはふるえる手をさし出して、「いい子だ、よしよし、ワンちゃん、おとなしくしろ」と、あえぎながら言った。けれども、動物たちには、わからない。おじさんに動物たちのことばがわからないのと同じだ。おじさんの言うことは、ただぐずぐずとした音のようにしか聞こえなかった。ひょっとすると、聞こえなかったほうがよかったかもしれない。なにしろ、ナルニアの口をきく犬ならなおのこと、どんな犬だって、こんなときに「いい子だ、ワンちゃん」なんて言われたくないだろうから。みなさんが「ぼうや」なんて言われたくないのと同じだ。

それから、おじさんは気絶をして、バタンとたおれてしまった。

イボイノシシが言った。

「ほら、ただの木じゃないか。思ったとおりだ。」（気絶とか、たおれるとかいうことも、まだ動物たちは知らなかった。）おじさんの体じゅうをくんくんとかいでいたイボイノシシは、頭をあげて言った。

「これは動物だな。たしかに動物だ。きっとあっちのと同じ種類だよ。」

「どうかな」と、クマが言った。

「動物ってのは、そんなふうにたおれたりしないよ。ぼくらは動物で、ぼくらはたおれない。ぼくらは立ってる。こういうふうに。」クマは、うしろ足で立ちあがり、一歩うしろへさがり、低い枝に引っかかって、うしろむきにたおれた。

「三つめの冗談だ。三つめの冗談だ。三つめの冗談だ」と、コクマルガラスがひどく興奮して言った。

「やっぱり木の一種なんじゃないの」と、イボイノシシ。「もし木だったら、ハチの巣がかかってるかもよ。」

「絶対、木じゃないね」と、アナグマ。「たおれるときになにか言おうとしたようだったもん。」

「そりゃ、風なんじゃないの？　枝のあいだをシュッと吹きぬけたんだよ」と、イボイノシシ。

「まさかこいつが、も、の、を、言、う、動物だなんて言うつもりじゃないだろうね？」コクマルガラスがアナグマに言った。「こいつ、なにも話さなかったよ。」

「けれども、いいですか」と、ゾウは言った。（これはもちろん、メスのゾウだ。夫のほうはアスランに呼ばれて行ってしまったのだった。）「けれども、いいですか、ある種の動物かもしれません。このはしっこについてる白っぽいかたまりは、顔のようなものじゃないでしょうか。そして、この穴は、目と口かもしれません。もちろん、鼻がついていませんが、だけど――えへん――心をせまくしてはなりません。鼻と正確に呼べるようなものを持っている者は少ないのです。」ゾウは、それとなくほこらしそうに、自分の長い鼻を、目を寄せるようにして見つめた。

「今の発言には強く抗議する」と、ブルドッグが言った。

「ゾウさんの言うとおりだよ」と、バクが言った。

「あのね、こういうことだと思うよ！」と、ロバが明るく言った。「こいつは口がきけないけど、自分ではきけると思ってる動物なんじゃないかな？」

「立たせることはできるだろうか？」ゾウが考え深そうに言った。ゾウはその長い鼻で、そっとアンドルーおじさんのぐにゃっとした体をつかんで、立たせてみた。あいにく、さかさまだったので、ポケットから半ポンド金貨が二枚に、半クラウン銀貨が三枚、それから六ペンス銀貨が一枚、こぼれ落ちた。なんの意味もなかった。アンドルーおじさんは、またたおれてしまった。

「ほらね」と、いくつかの声がした。「絶対、動物なんかじゃないよ。生きてないもん。」

「いえいえ、これは動物です」と、ブルドッグが言った。「自分でにおいをかいでごらんなさい。」

「かいだって、わかりゃしませんよ」と、ゾウ。

「へえ」と、ブルドッグ。「自分の鼻を信じられないなら、いったいなにを信じればいいんだね？」

「そりゃあ、自分の頭でしょ。」ゾウは、おだやかに答えた。

「今の発言には強く抗議する」と、ブルドッグは言った。

「まあ、とにかく、なにかやってみようじゃありませんか」と、ゾウ。「多分こいつはジャークと呼ばれるものかもしれませんし、アスランに見せる必要があるでしょう。みんなはどう思いますか。これは動物でしょうか。木のようなものでしょうか。」

「木だ、木だ」と、十数匹の声がした。

「けっこう」と、ゾウ。「では、木であれば、植えなければなりません。穴を掘りましょう。」

モグラが二匹、テキパキと穴を掘ってくれた。アンドルーおじさんをどっちむきに穴に入れるか議論があり、もう少しで頭から植えられるところだった。何匹かの動物たちが、脚が枝にちがいないと考え、「そのふさふさした白っぽいものがあるほう（頭のこと）が、根っこにちがいない」と言ったのだった。ところが、二またに分かれている先のほうがよごれているし、根っこみたいにひろがっているじゃないかと言うものもいた。そこで、とうとうおじさんは頭を上にして植えられた。動物たちが最後に地面をポンポンとたたいたとき、地面はおじさんのひざの上まできていた。

「なんだかひどく枯れちまってるね」と、ロバが言った。

「もちろん水をかけてやらなければなりません」と、ゾウが言った。「どなたにも失礼なことを言うつもりはありませんが、水をかけるとなれば、私のような鼻が、おそらくは――」

「今の発言には強く抗議する」と、ブルドッグが言った。

しかし、ゾウは静かに川まで歩いて行き、鼻に水をたくさんつめて、アンドルーおじさんのところにもどってきた。このかしこい動物はそれを何度もくり返して、何ガロンもの水をおじさんにふきかけた。水は、まるでおじさんが服を着たままお風呂に入ったかのように、フロックコートのすそから蛇口のように流れた。とうとうおじさんは息を吹き返した。意識がもどったのだ。そして、おどろいたことといったら！しかし、おじさんには、自分がやった悪事をとっくり反省してもらうこととして（もし反省してくれるとしたらだが）、そのあいだ、私たちはもっと大切な話をすることにしよう。

ストロベリーは、ディゴリーを背中に乗せたまま、どんどん走っていった。ほかの動物たちの声は聞こえなくなり、やがて、アスランが選ばれた動物たちとともにいる小さな集まりの近くまでやってきた。こんなに厳粛な会議に突然わって入ることはできない、とディゴリーは思ったが、そんなことをする必要はなかった。アスランからことばが発せられると、オスのゾウ、カラスの夫婦、そしてほかのみんなは、わきへどいたのだ。ディゴリーは馬からおりて、いつのまにか自分がアスランと面とむかって立っていることに気がついた。アスランは、思ったよりも大きくて、より美しく、より明るく金色に輝いていて、よりおそろしく思えた。ディゴリーは、その大きな目を見ることができなかった。

「どうか――ライオンさま――アスラン――さま」と、ディゴリーは言った。「おねがいです――できれば――ぼくのお母さんを元気にするために、この国の魔法のくだものをいただけませんか?」

ライオンが「できる」と答えてくれることを必死にねがっていたのだが、「できない」と言われたらどうしようと、こわくてしかたがなかった。ところが、アスランはどちらの返答もしなかったので、ディゴリーはびっくりした。

「この子だ」と、アスランは、ディゴリーではなく、自分といっしょに会議をしていた動物たちにむかって言った。「この子がやったのだ。」

「こまったなあ。ぼくは、なにをしたんだろう?」ディゴリーは思った。

「アダムの息子よ」と、ライオン。「わが新しきナルニアの土地に邪悪な魔女がいる。これらの善良な獣たちに、どうして魔女が来たのか話しなさい。」

ディゴリーの頭には、何十もの言いたいことがらがパッと思い浮かんだが、よけいなことを言うようなおろかなまねはしなかった。

「ぼくが連れてきたんです、アスラン。」ディゴリーは、低い声で言った。

「なんのために？」

「ぼくらの世界から出ていって、自分の世界へ帰ってほしかったんです。魔女の世界へ連れ帰るつもりだったんです。」

「どうしてきみの世界に魔女が来たのかね、アダムの息子よ。」

「ま――魔法です。」

ライオンがなにも言わなかったので、ディゴリーは自分の説明がたりないことに気がついた。

「おじさんのせいなんです、アスラン。おじさんが魔法の指輪でぼくらを自分たちの世界の外へ送り出しました。少なくともポリーが先に送り出されたので、ぼくも行かなきゃならなかったんです。そこで、チャーンと呼ばれる場所で魔女と出会って、そしたら魔女がついてきちゃったんです、ぼくらが――」

「魔女と出会ったのか？」アスランの低い声には、かすかにうなるようなひびきがあった。

「目をさましたんです。」ディゴリーは、なさけない気持ちで言った。それから、とても真っ青になって、「つまり、そのぅ、ぼくが起こしちゃったんです。鐘を鳴らしたらどうなるのか知りたかったから。ポリーはやめろって言ったんだけど。ポリーのせいじゃありません。ぼく――ぼく、ポリーとけんかしました。いけないことだとわかってます。鐘のところに書かれたことばのせいで、魔法にかかったんだと思います。」

「そうなのか？」と、アスランはやはり低く深い声で言った。

「いいえ」と、ディゴリー。「そんなことありませんでした。ただ、魔法にかかったふりをしただけです。」

長い沈黙があった。ディゴリーは、そのあいだずっとこう考えていた。

「ぼくのせいだ。もう、お母さんになにかを持って帰ってあげられないだろうな。」

ライオンがふたたび口をきいたとき、それはディゴリーに対してではなかった。

「諸君。私が諸君に与えたこの新しいきれいな世界は、できて七時間とたたないが、すでに邪悪な力が入りこんでいる。このアダムの息子によって目覚めさせられ、ここにもたらされたのだ。」

動物たちは、ストロベリーもふくめて、みなディゴリーに目をむけたので、ディゴリーは地面が口を開いて自分を呑みこんでくれたらいいと思った。

「だが、気を落とすことはない。」アスランは、また動物たちにむかって話した。「悪は、その邪悪なるものからやってくるが、まだ遠く離れている。そして、最も悪いことは、私自身にふりかかるようにしよう。それまでの何百年ものあいだ、ナルニアが楽しい世界の楽しい国であるようにしようではないか。アダムの一族がわざわいをもたらしたのだから、アダムの一族にもとにもどさせよう。近くへ寄りなさい。おまえたち、ふたり。」

最後のことばは、すでにそこにやってきていたポリーと御者にむかって言われた。ポリーは大きな目と口をあけてアスランを見つめ、御者の手をぎゅっとにぎりしめていた。御者は、ライオンをちらりと見ると、山高帽をぬいだ。これまで御者が帽子をぬいだところを見たものは、だれひとりいなかった。帽子をぬぐと、御者はずっと若く、ずっとすてきに見えた。ロンドンの馬車を走らせる者というよりは、田舎の人のように見えた。

「息子よ。」アスランは御者に言った。「おまえのことは、昔からよく知っている。私のことがわかるか。」

「いえ、わかりません」と、御者。「少なくとも、ふつうの意味ではわかりません。なにか前にお会いしたことがあるような、心が軽くなるような気がします。」

「よろしい。おまえは、自分でわかっている以上にかしこいので、さらに私のことをよく知るようになるだろう。この国は気に入ったかね。」

「まったく、たいしたところです」と、御者。

「ここでずっと暮らしたいかね。」

「いいや、あっしは結婚をしてましてね。妻もここにいれば、ふたりともロンドンにはもどりたくないと思いますがね。あっしらは、もともと田舎の出なんです。」

アスランは、そのたてがみにふちどられた顔をさっと上へむけ、口をあけ、長くひとつの音を出した。あまりうるさくはなかったが、強力だった。ポリーはそれを聞いて、心臓が飛びあがる思いだった。それは呼び声のようで、それを聞けば、だれもが応えたくなり、しかも、たとえその声がどんなに遠くの世界から時間を超えて聞こえてきても、応えることができると、ポリーは感じた。こうして、やさしく正直そうな顔をした若い女の人が、どこからともなくふっと現れて、ポリーのそばに立ったとき、ポリーは不思議な気持ちでいっぱいだったが、それほどおどろくことはなかった。ポリーはすぐに、これが御者の妻だと気がついた。つまらない魔法の指輪などではなく、鳥が巣に飛びもどるように、すっと何気なく、やすやすと私たちの世界から連れてこられたのだ。この若い女の人はエプロンをつけ、そでをひじまでたくしあげて、両手に洗剤の泡をつけていたので、どうやら洗濯の最中だったようだ。ちゃんとした服に着替える時間があったら（いちばん上等の帽子といっても、作り物のさくらんぼの飾りがついているような代物だったので）パッとしないかっこうで出てくることになっただろうが、仕事着のままのほうがとてもすてきに見えた。

もちろん女の人は、夢を見ているのだと思っていた。だから、夫のもとへ走りよって、「いったいどうなっているの？」と、たずねることもしなかった。ライオンを見ると、夢とばかりも思えなくなってきたが、どういうわけか、おびえるようすもない。それから、この当時の田舎娘たちがよくやるように、かすかにスカートのすそを持って、ひざを曲げておじぎをすると、御者のところに行って、その手をにぎり、少しはずかしそうにまわりを見まわした。

「わが子たちよ」と、アスランはふたりを見つめて言った。「おまえたちは、最初のナルニアの王と女王となるのだ。」

御者はおどろいて口をあけ、妻は真っ赤になった。

「国を統治し、これらの生き物たちすべてに名前をつけ、正義を行い、敵が現れたときは守ってやりなさい。そして、この世界に邪悪な魔女がいる以上、敵はやってこよう。」

御者は二、三度、大きくつばを呑みこんで、咳払いをした。

「どうか、ごめんなすって。ありがたいんですが、あっしはそんな仕事ができる男じゃねえんで。うちのかみさんも、そうです。教育なんてねえもんですから。」

「おまえは、鋤と鍬を使って大地から食べ物を生み出すことができるかね。」

「はい。そういうことなら、ちょいとできます。まあ、そうやって育ったもんですから。」

「おまえたちは、この動物たちをやさしく公平に統治できるか。奴隷ではなく、きみたちの生まれた国の物言わぬ動物たちともちがい、口をきく自由な国民として。」

「なるほど、わかりました」と、御者は答えた。「まっとうなことをやってみましょう。」

「そして、きみたちの子どもたちを育て、同じようにして孫を育てられるか。」

「やってみましょう。せいいっぱい、がんばります。な、ネリー？」

「そして、自らの子どもたちについても、ほかの動物たちについても、えこひいきはせず、だれかがだれかをしたがえたり、こき使ったりさせてはならない。」

「そういったことはがまんならねえ。そいつは本当です。見つけたら、こらしめてやりましょう。」（こんなやりとりをしているうちに、御者の声はだんだんと豊かになり、ゆったりしてきた。ロンドンっ子のチャキチャキした早口ではなく、田舎の人の話しかただった。子どものころはそんな話しかたをしていたにちがいない。）

「そして、敵がこの国にやってきて（敵はきっとやってこよう）、戦争となったら、きみは先陣を切って戦い、退却時には、しんがりを務めるか。」

「そいつは、」御者は、とてもゆっくり慎重に言った。「やってみないことにはわかりません。いざとなったら怖気づくかもしれないし。あっしは、なぐりあいのけんか以外、戦ったことがないんです。まあ、なんとか、やるべきことをやってみましょう。」

「それでは、」とアスラン。「きみは、王がすべきことをすべてなしとげるだろう。きみの戴冠式は、すぐに執り行う。きみときみの子どもたち、そしてその孫たちは祝福され、何人かは、ナルニアの王となり、何人かは南の山のむこうにあるアーチェンランド国の王となる。そして、そなた、娘よ。（ここでアスランはポリーに顔をむけた。）のろわれたチャーンの荒れ果てた宮殿の像の広間で、その男の子がきみにした乱暴を赦してあげられたかね。」

「はい、アスラン。なかなおりをしました」と、ポリー。

「それはよかった」と、アスラン。「それでは、こんどは、その男の子だ。」

第十二章

ストロベリーの冒険

ディゴリーは口をぎゅっとつぐんでいた。さっきから、どんどんいたたまれない気持ちになっていて、なにがあろうと、よけいな口をきいたり、ばかなことをしたりしないようにしようと思っていた。

「アダムの息子よ」と、アスランは言った。「きみは、わがすばらしきナルニアの国が生まれたその日に、ナルニアに対してなした悪をつぐなう気はあるか。」

「なにができるかわかりません」と、ディゴリー。「女王は逃げてしまったので。」

「つぐなう気があるかと聞いたのだ」と、ライオン。

「はい。」

このときディゴリーは、「お母さんを助けると約束してくれるなら、ぼくもあなたを助けます」と言いたいなどと、とんでもないことをちらりと考えたが、このライオンが取り引きなど受け入れるはずがないと気がついた。しかし、「はい」と答えたとき、お母さんのことを思っていて、お母さんにしてあげたかったことはもうかなえられないんだとわかると、熱いものがのどもとにこみあげてきて、目に涙を浮かべながら、やっとこう言った。

「でも、おねがい。おねがいです。どうかお母さんを治すなにかをくれませんか。」

それまでディゴリーは、ライオンの大きな足と、その巨大な爪を見つめていた。今は絶望して、ライオンの顔を見あげた。そうして目にしたものに、これほどおどろいたことはなかった。ライオンの黄褐色の顔は、ディゴリーの顔のすぐ近くにかたむけられていて、本当におどろいたことに、大きな輝く涙が、その目に浮かんでいたのだ。ディゴリーの涙よりも大きく、明るい涙だったので、自分よりもライオンのほうがお母さんのことを心配しているように思えた。

「悲しみは大きい。きみと私だけが、この国ではそのことを知っている。おたがいに助けあうことにしよう。だが、私は何千年もつづくナルニアの命を考えねばならない。だきみがこの世界にもたらした魔女は、いつかまたナルニアにもどってくるだろう。だが、今ではない。私は魔女が近づけないように、ナルニアに木を植えたい。その木が何年もナルニアを魔女から守ってくれるだろう。そうすれば、この国は太陽が雲におおわれる前に、長く明るい朝を迎えることとなる。きみは、その木が育つ種を、私のために手に入れてくれなければならない。」

「わかりました。」

　ディゴリーには、どうすればよいのかわからなかったが、それができると強く感じた。ライオンは深く息を吸い、顔をさらに低くして、ディゴリーにライオンならではのキスをした。とたんにディゴリーは、新しい力と勇気がわいてくるのを感じた。

「息子よ」と、アスランが言った。「どうすればよいか教えてやろう。ふり返って西を見て、なにが見えるか言いなさい。」

「とっても大きな山が見えます、アスラン」と、ディゴリーは言った。「崖のところで、川が滝になって落ちてます。崖のむこうには、森におおわれた高い丘が連なっていて、そのむこうにさらに高い峰が黒くそびえています。もっと遠くには、雪をかぶった大きな山がいくつも連なっていて、アルプスの絵みたいです。そのむこうは空ばかりです。」

「よく見えているな」と、ライオンは言った。「さて、ナルニアの国は、あの滝のところでおわっている。崖の上まで行けば、ナルニアから出て西の荒野へ入ることになる。きみはあの山をぬけて、青い湖のある緑の谷を見つけなさい。それは氷の山でかこまれている。湖のはしには、けわしい緑の丘がある。その丘の頂には庭があって、その庭のまんなかに一本の木がある。そこからりんごをひとつもぎとって、私に持ってきなさい。」

「はい、わかりました」と、ディゴリーはもう一度言った。どうやって崖を登ればよいのか、山のあいだをどう進めばよいのか、少しもわからなかったが、言いわけをしているように聞こえるのが嫌だったので、そうは言わなかった。代わりに、こう言った。

「急ぎの仕事でないといいのですが、アスラン。あそこまですぐに行ってもどってくることはできません。」

「アダムの小さな息子よ、きみには助けが与えられる」と、アスランは言った。それから、それまでずっと静かにそばに立っていた馬のストロベリーにむき直った。馬はしっぽでハエを追い払いながら、ふたりのやりとりが少しわからないかのように首をかしげて、じっと耳をかたむけていた。アスランは、馬に言った。

「きみは、翼ある馬になりたいかね。」

　このとき馬がたてがみをブルブルッとふるい、鼻の穴を大きくして、うしろのひづめで地面を軽くたたいてみせたうれしそうなようすを、みなさんにごらんに入れたかったものだ。明らかに、翼ある馬になりたがっていた。しかし、そのときはこう言っただけだった。

「もしそれがあなたの望みであれば、アスラン。本当にそれをお望みであれば。なぜ私なのかわかりませんが。私は、それほどかしこい馬ではありません。」

「翼よ、あれ。あらゆる空飛ぶ馬の父となれ。」そう吼えたアスランの声は、大地をゆるがした。

「そなたの名をフレッジとする。」

馬は、かつて馬車を引いていたみじめなころのように、恐れてあとずさりした。それから、いなないた。肩を虫に刺されて、そこをかきたいかのように、首をうしろにそらしたそのときだ。さっき地面から獣たちが飛び出してきたみたいに、フレッジの両肩から、翼が飛び出してきたのだ。翼はどんどんひろがって、ワシの翼よりも大きくなり、白鳥の翼よりも大きくなり、やがて教会の窓に描かれた天使の翼よりも大きくひろがった。栗色と銅色に輝く翼だった。フレッジは大きく羽ばたくと、空に舞いあがった。

フレッジは、アスランとディゴリーの頭上六メートルほどのところに浮かびながら、鼻を鳴らし、いななき、前足をあげたまま飛びはねた。それから、ぐるりとふたりのまわりをまわると、四つのひづめをそろえて地面におりてきて、ぎこちなさそうで、びっくりしたようすだったが、とてもうれしそうだった。

「気に入ったかね、フレッジ」と、アスランはたずねた。

「とても気に入りました、アスラン。」

「このアダムの小さな息子を背中に乗せて、私が言った山の奥の谷へ連れていってくれるかな。」

「え？　今ですか。すぐにですか」と、ストロベリー——というよりは、今ではフレッジと呼ばなければなるまい——が言った。「よしきた！　さあ、いらっしゃい、ぼっちゃん。あなたぐらいの子を背中に乗せたことはありますからね、ずっと昔、緑の野原があって、角砂糖があったころに。」

「ふたりのイブの娘たちは、なにをささやいているのかな？」

アスランは、ふいにポリーと御者の妻のほうをむいてたずねた。いつのまにか、ふたりはなかよしになっていたのだった。

「どうか、おねがいです」と、ヘレン女王は言った。（御者の妻のネリーは、そう呼ばれることになったのだ。）「この女の子もいっしょに行かせてあげてください、さしつかえなければ。」

「フレッジはどう思うかな？」ライオンはたずねた。

「ああ、かまいませんよ、ふたりでも。子どもなら」と、フレッジ。「ゾウさんが乗りたいなんて言いだしたら、こまりますが。」

ゾウはそんなことは考えていなかった。ナルニアの新しい王は、子どもたちを馬に乗せてやった。ディゴリーを乱暴に押しあげてから、ポリーをまるでこわれやすい陶器のようにそっとやさしく馬の背中に置いたのだった。

「いいぞ、ストロベリー。いや、フレッジだったな。まったくおかしな具合だ。」

「あまり高く飛んではいけない」と、アスランが言った。「大きな氷の山の上を行こうとしてはならない。緑の谷を探して、そこをぬけて行きなさい。道はかならずある。さあ、わが祝福とともに行くがよい。」

「たのむぜ、フレッジ。」ディゴリーは、馬のつやつやした首を軽くたたきながら、前のめりになって言った。「こいつはおもしろいな。ぼくにつかまってろよ、ポリー。」

つぎの瞬間、ナルニアは、背後にスーッと遠ざかっていき、ぐるりとまわった。西への長い旅をはじめる前に、フレッジが大きなハトのように一、二度輪を描いたのだ。ポリーが下を見ても、王と女王の姿は、小さくなっていてほとんど見えない。アスランでさえ、緑の芝生の上の輝く金色の点となっていた。やがて、風が顔に吹きつけ、フレッジの翼はゆっくりと羽ばたくようになった。

眼下には、岩や、ヒースや、さまざまな種類の木々にいろどられたナルニア全土がひろがっており、水銀のリボンのように、川がくねくねと流れていた。早くも、右手には、北へ広がる低い丘のむこうに、広大な荒野が地平線までゆったりとせりあがっているのが見えた。左手には、山がずっと高くそびえていたが、ところどころにすきまがあって、急な斜面の松林のはるかむこうに、南の青い国がかいま見えた。

「あれがアーチェンランド国ね。」

「そうだよ、でも前を見て！」と、ディゴリー。

前方には、巨大な崖がそそりたち、そこにかかる壮大な滝に日光がきらきらと躍っていて目もくらまんばかりだった。西の高地からナルニアへ流れこむ川は、ここでゴーゴーと水しぶきをあげる大きな滝となっていたのだ。すでに高いところを飛んでいたので、滝の音もかすかにしか聞こえなかったが、まだ崖を飛び越えるほど高くはなかった。

「ここで少しジグザグに行かなければならないようです」と、フレッジ。「しっかりつかまっていてください。」

フレッジは、右へ左へと飛びながら、そのたびごとに高くあがっていった。空気は冷たくなり、ワシの鳴き声がずっと下のほうから聞こえてくる。

「ほら、うしろを見て。ふり返ってみて」と、ポリー。

ふり返れば、ナルニアの谷全体を見わたすことができ、東には海が水平線のかなたまできらめいていた。かなり高くまであがったので、北西の荒野のむこうに、でこぼこした山が小さく見え、遠く南には砂漠のような平原が見えた。

「あれがどんなところか、だれか教えてくれたらいいんだけどなあ」と、ディゴリー。

「まだどこでもないと思うわ」と、ポリー。「だれもいないし、なにも起こってないのよ。世界は、今日はじまったばかりなんだから。」

「だけど、あそこにも人が行くだろう」と、ディゴリー。「そしたら歴史ができるんだ。」

「まだ歴史がはじまってなくてよかったわ」と、ポリー。「歴史の勉強をしなくてもすむもの。何年になんの戦いがあったかとかいう、そういうめんどうな話。」

崖(がけ)の上を越えたので、やがてナルニアの谷は、うしろのほうにしずんで見えなくなっていった。今は、けわしい山々と暗い森林のある山国の上を飛んでおり、まだ川に沿って進んでいた。前方に、かなり大きな山がそびえているが、太陽の光がまぶしくて、そちらの方角はよく見えない。日はしだいに低くかたむき、西の空はまるで溶かした金でいっぱいの巨大なかまどのように見えた。とうとう夕日がぎざぎざの山頂のむこうにしずんでゆくと、けわしい山々は、まるで厚紙を切りぬいた平たいかげのようになって、夕焼けにくっきりと浮かびあがった。

「ここは、ちっとも暖かくないわね」と、ポリーが言った。

「それに、翼が痛くなってきました」と、フレッジが言った。「アスランがおっしゃっていた湖のある谷など、どこにも見えません。下へおりて、一晩すごすのにふさわしい場所を見つけてはいかがでしょう。今晩は、目的地に着けそうもありませんから。」

「それに、もう夕ごはんの時間じゃないかなあ」と、ディゴリー。

そこで、フレッジは下へ下へとおりていった。地面に近づいて、山のあいだに入っていくと、とたんに暖かくなってきた。何時間もフレッジの翼のバサバサという音ばかりするなかを飛んできたあとでは、自然のなつかしい音を聞くと、ほっとした。川底の石に川の水がチャプチャプとぶつかり、風に木の枝がきしんでいる。日に焼けた土や、草や、花の温かいにおいがする。とうとうフレッジは着地した。ディゴリーが先にさっととびおりて、ポリーがおりるのを助けた。ふたりは、こわばった脚をのばせるのが、うれしくてならなかった。

みんながやってきた谷は、山々の中央にあった。雪をかぶった頂（いただき）のひとつが、夕日の照り返しを受けて、バラのように赤くなって、そびえていた。

「おなかがすいたなあ。」

「じゃあ、おなかいっぱい食べましょう」と、フレッジは草をガブリとほおばった。それから、ひげのように口の両はしから草をつき出させて、もぐもぐしながら顔をあげた。

「さ、おふたりも、遠慮せずに。たくさん草はありますよ。」

「だけど、ぼくら、草は食べられないよ。」

「おやおや。」フレッジは、口をいっぱいにしながらしゃべった。「それじゃ、どうしたもんですかね。とってもおいしい草なのに。」

ポリーとディゴリーはこまってしまって、見つめあった。

「だれかが、ぼくらの食事を用意してくれててもよかったんじゃないかな」と、ディゴリー。

「アスランにおねがいしておけば用意してくださったでしょうね」と、フレッジ。

「おねがいしなくたって、あのひとにはわかっているんじゃないの？」と、ポリー。

「そりゃ、そうでしょう」と、馬はまだ口をいっぱいにしたまま言った。「でも、おねがいをしてほしかったんじゃないでしょうかね。」

「ぼくらは、いったいどうすればいいんだろう？」と、ディゴリー。

「私にはわかりませんね」と、フレッジ。「草を食べてみたらどうですか。思ったよりおいしいかもしれませんよ。」

「ばかなこと、言わないで。」ポリーは地団駄を踏んで言った。「もちろん人間には、草なんか食べられないわ。あなたたちが羊肉のステーキを食べないように。」

「おねがいだからさ、ステーキとかそういうこと言わないでよ」と、ディゴリー。

「食べたくなっちゃうじゃないか。」

ディゴリーは、ポリーが指輪で家に帰って、なにか食べるものを持ってきたらどうだろうかと提案した。でも、自分は、アスランのために寄り道をしないでお使いをすると約束してしまったから、そうできないし、いったん家に帰ったりすると、もどってこられなくなるかもしれない、と言った。けれども、ポリーはひとりでは行きたくないと言い、ディゴリーは、それももっともだと言った。

「ねえ」と、ポリー。「あたし、ポケットにトフィーの袋の残りがあるんだけど。なにもないよりはましじゃない？」

「ずっとましだ」と、ディゴリー。「でも、ポケットに手を入れるとき、指輪にさわらないように気をつけてね。」

これは、かなりむずかしいことだったが、なんとかうまくいった。小さな紙袋は、取り出してみると、くしゃくしゃになっていて、ベトベトだったので、袋からトフィーを取り出すというより、トフィーにくっついた袋をちぎりとる感じになった。大人だったら（こういうことには、いろいろうるさいだろうから）こんなものを食べるくらいなら、なにも食べないほうがいいなどと言ったことだろう。トフィーは、ぜんぶで九つあった。ふたりで四つずつ食べて九つめは植えておこうというすばらしいことを思いついたのは、ディゴリーだった。

「街灯からちぎられた鉄の棒が小さな明かりの木に育つんだったら、これもトフィーの木になるかもよ。」

そこで、ふたりは芝生に小さな穴を掘って、トフィーをひとつうめた。それから、四つずつ、できるだけ口のなかで長持ちするように食べた。食事としてはおそまつだったし、くっついた紙片も食べることになった。

フレッジは、おいしい草の夕食をおわると、横になった。子どもたちもやってきて、左右それぞれひとりずつ、馬の温かい体に身を寄せた。馬がふたりの上に翼をひろげてくれると、本当にぬくぬくと居心地がよくなった。この新しい世界の星々が空にきらきらと輝きだすと、みんなはあれこれ話をした。ディゴリーは、お母さんのためになにかを持って帰りたいと思っていて、その代わりに、このお使いをすることになったと話した。そして、目指す場所を見つける目じるしとなるのは、青い湖と、頂上に庭のある丘だったねと話し合った。おしゃべりがだんだんゆっくりになってくると、眠たくなってきた。ふと、ポリーがはっきり目をさまして、身を起こして言った。

「しいっ！」

だれもがじっとして、聞き耳をたてた。

「きっと風で、木がゆれたんだよ。」やがて、ディゴリーが言った。

「そうでしょうか」と、フレッジ。「とにかく――いや、待ってください！　ほら、また。アスランにかけて、私たち以外になにかいますよ。」

馬は、大きな音をたてながら、急に立ちあがった。子どもたちも、ふたりとも立ちあがっていた。フレッジは、クンクンとにおいをかぎ、軽くいななきながら、右へ左へと走った。子どもたちは、あちらこちらをしのび足で歩き、しげみや木のうしろをのぞきこんだ。なにか見たと思ったのだ。ポリーは、背の高い黒っぽい人かげが西のほうへすばやくサッと走っていくのをたしかに見た気がした。しかし、なにも見つからず、結局、フレッジはまた横になり、子どもたちも、さっきと同じ姿勢で寝ころがった。また、翼の下に入って、ぬくぬくと温まったのだ。子どもたちは、あっというう間に寝入った。フレッジは、ずっとおそくまで起きていて、暗闇のなかで耳をあちらこちらに動かして、まるでハエがとまったかのように、ときどき体をブルッとふるわせていたが、やがて眠ってしまった。

第十三章

思いがけない出会い

「起きて、ディゴリー。起きて、フレッジ。」ポリーの声がした。「トフィーが、本当に木になったのよ。とってもすてきな朝だわ。」

朝の低い陽の光が森をさしつらぬいていて、草には露が降りてぼうっと光っており、クモの巣は銀色に光っていた。すぐそばには、黒っぽい小さな木が一本生えており、りんごの木ぐらいの大きさだった。葉は白っぽく、紙みたいにぺらぺらで、オネスティと呼ばれるハーブ〔ゴウダソウ〕に似ていて、ナツメヤシの実にそっくりの小さな茶色い実をいっぱいつけていた。

「やったあ」と、ディゴリーは歓声をあげた。「でも、まずは水浴びをしようっと。」

ディゴリーは、花咲くしげみをひとつふたつぬけて、川岸へと走った。みなさんは、山の急流で水浴びをしたことがあるだろうか。川底には、赤や青や黄色の小石が日光を浴びてきらきら輝いている。それは、海水浴と同じぐらい、いや、それよりもすてきなのだ。もちろん、体を乾かす前に服をまた着なければならないが、それだけの価値はある。ディゴリーが水浴びからもどってくると、こんどはポリーが泳ぎに行った。少なくともそうすると言っていたのだが、ポリーはあまり泳げないから、本当に泳いだかどうかわからない。まあ、くわしいことは聞かなくてもよいだろう。フレッジも川へ遊びに行ったが、ただ川のまんなかに立って、身をかがめ、長いこと水を飲んだだけだった。それから、たてがみをブルブルとふるって、数回いなないた。

ポリーとディゴリーは、トフィーの木から朝食をとった。おいしくて、本当のトフィーと少しちがっていて、やわらかくてジューシーで、それでもトフィーを思わせるような果実だった。フレッジもまた、すばらしい朝食をとった。トフィーの実をひとつ食べてみて気に入ったが、朝のこんなに早い時間には自分は草のほうがいいと言った。それから、子どもたちは少し苦労してその背中に乗り、また旅をつづけた。

きのうよりもずっと楽な旅だった。みんなの気持ちがすっかり晴れやかになっていたこともあるが、朝日が背後にあり、日を背にすると、とても進みやすいからだ。すばらしい旅だった。雪を頂いた巨大な山々が、どの方角にも高くそびえていた。ずっと下のほうには、美しい緑の谷があった。氷河からの川がいく筋にもなって流れこんでいる大きな谷川は、あまりにも青く澄んでいて、まるで巨大な宝石の上を飛んでいるようだった。こんな冒険だったら、ずっとしていたいと思ったが、しばらくして、みんな鼻をクンクンとさせて、「なんだろう、これ？」とか、「なんか香りがするね？」とか、「どこから香ってくるんだろう？」と、言い合った。まるでこの世のありとあらゆるおいしいくだものや花から香ってくるような、温かくて黄金色のようなすばらしい香りが、どこか上のほうからただよってくるのだ。

「湖のある谷間から、香ってきますね」と、フレッジが言った。

「そうだ」と、ディゴリー。「ほら、見て。湖のむこうに緑の丘がある。なんて青い湖なんだろう！」

「あそこだ！」と、三人そろって言った。

フレッジは、大きな円を描きながら、下へおりていった。氷の頂はますます高くそびえ立ち、空気は温かくなってきて、どんどんかぐわしくなる。あまりにもかぐわしいので、思わず涙ぐむほどだった。フレッジは、今や翼をひろげたまま羽ばたかず、空中を滑走して、着地のために脚をのばしている。けわしい緑の丘が、ぐんぐんせまってくる。一瞬ののちに、フレッジは少しぎこちなくその丘に着地した。子どもたちは温かくすてきな草の上にころがり落ち、けがもせず、少し息をはずませて立ちあがった。

そこは、丘の斜面の四分の三ほどのところで、三人はすぐに丘の頂上へと登りはじめた。（フレッジは、翼でバランスをとったり、ときどき羽ばたいたりしなければならなかった。）丘の上には、ぐるりと、緑の芝生でおおわれた高い壁ができていた。

壁のむこうには木々が生えていて、その枝が壁から外へのびている。その葉は、緑のみならず、風でゆらいで青色にも銀色にも見えた。頂上まで来た三人は、その緑の壁のまわりをほぼひとまわり歩いて、門を見つけた。金色の背の高い門で、東をむいて、ぴたりと閉まっていた。

それまでは、フレッジもポリーも、ディゴリーといっしょになかへ入るつもりでいたが、もはや、そう考えていなかった。これほど特別な感じがする場所はなかった。勝手に入ってはいけないように思えたのだ。一目見れば、ここがだれかの大切な場所だとわかった。特別な用事がないかぎり、なかへ入ろうなどとは、おろか者でなければ考えないだろう。ディゴリー自身、ほかのふたりがいっしょに入ってくるつもりもなければ、入ってはこられないのだと、すぐに理解した。ディゴリーは、ひとりっきりで門の前へ進んだ。

近づいてみると、その金色の門には、銀の文字で、こう書かれていた。

金の門より入れ、入らずんば去るがよい。
わが実はひとのために採れ、でなくば採るべからず。
ぬすむ者や、この壁を越える者は、知るがよい。
欲望を満たせども、絶望をも見出すと、かならず。

「わが実はひとのために採れ、か。」ディゴリーは、ひとり言を言った。「それこそ、ぼくがやろうとしていることだ。たぶん、それを自分で食べちゃだめってことなんだろうな。最後の一行は、なにを言ってるのかよくわからないけど。金の門より入れだって。門から入れれば、だれが壁をよじ登ったりするもんか。でも、門は開くのかな？」ディゴリーが片手を門に置いてみると、すぐに門は、音もなく、内側へすっと開いた。

なかがのぞけるようになると、なおさらそこは、関係のない人は入ってはいけないように見えた。ディゴリーは、あたりをうかがいながら、恐る恐る入ってみた。なかはとても静かだ。庭の中央付近にある噴水でさえ、かすかな音しかたてていない。うっとりする香りがたちこめていた。楽しい場所だが、とてもおごそかなところだ。

どれが目的の木か、一目でわかった。その木が中央に立っていたからかもしれないが、鈴生り（すずなり）になっている大きな銀色のりんごがあまりにきらきら光っていて、日光が届かない木の奥にまでその光を投げかけていたためかもしれない。ディゴリーは、その木へまっすぐ歩いていき、りんごをひとつもぎとって、ベルトのついたジャケットの胸ポケットに入れた。だが、しまう前にそれをじっと見て、においをかがずにはいられなかった。

そうしなければよかった。ふいに、ひどくのどが渇いて、おなかがすいたと思い、りんごを食べたくてしかたがなくなった。大あわてでポケットに入れたが、ほかにもりんごはたくさんある。ひとつ、味見をしてはいけないのだろうか。ひょっとすると、門のところにあった文は、実は命令ではなかったのかもしれない。単なる忠告のようなもので、忠告だったら気にする必要もないんじゃないか、とディゴリーは考えた。かりに命令だったとしても、りんごを食べたからといって、それに背くことになるのかな。だれかのためにりんごを採るということは、ちゃんと守っているのだから。

そんなことを考えながら、ふと枝越しに木のてっぺんを見あげた。ディゴリーの頭上の枝に、すばらしい鳥がとまって眠っていた。眠っていると言ったのは、そう見えたからだが、眠っていなかったのかもしれない。片目がほんのわずかに開いていた。ワシよりも大きく、胸がサフラン色で、頭には真っ赤なとさかがあり、尾は紫だった。

「だから、わかるだろ?」ディゴリーは、あとでこの話をほかの人にするときに、こんなふうに言った。「ああいう魔法の場所では、どんなに気をつけてもたりないくらいなんだ。なにが見ているか、わかったもんじゃないからね。」しかし、鳥が見ていなくても、ディゴリーはりんごを自分のために採ったりはしなかっただろう。「ぬすんではいけません」という教えは、今よりも当時の子どものほうが、強くたたきこまれていたからだ。それでも、絶対ということはないが。

ディゴリーが門のところにひき返そうと、むきを変えたとき、最後にもう一度あたりを見まわして足をとめた。そして驚愕した。ひとりきりではなかったのだ。ほんの数メートル先に魔女が立っているではないか。魔女は、自分が食べおわったばかりのりんごの芯を投げ捨てているところだった。りんごの芯は思ったよりも色が濃く、魔女は口のまわりに、みにくいしみをつけていた。ディゴリーは、すぐに、魔女は壁をよじ登ってきたにちがいないと思った。そして、心の欲望を満たして絶望するというあの最後の一行にも意味があったとわかりはじめた。というのも、魔女が以前にも増して、さらに強く、さらにえらそうで、ある意味勝ち誇っているようにさえ見えながらも、その顔は塩のようにひどく真っ白だったからだ。

そうしたことは、ディゴリーの心のなかで瞬時にひらめいたことだった。ディゴリーは、パッと、全速力で門にむかって駈けだした。魔女が追いかけてくる。外に出たとたん、門が勝手にうしろで閉じた。そのおかげで距離はかせげたが、ほんの少しだ。みんなのところに着いて、「急いで乗るんだ、ポリー。立って、フレッジ！」とさけぶころには、魔女は壁をよじ登ってそれを飛び越し、ふたたび近くまでせまってきていた。

「来るな！」と、ディゴリーはふり返って魔女に言った。「さもなければ、みんな消えるぞ。一センチでも近づくな。」

「おろかな子だ」と、魔女が言った。「なぜ私から逃げる？　おまえになにもするつもりはない。もしおまえが立ち止まって、私の言うことを聞かなければ、おまえは一生しあわせになれる知識を失うことになるぞ。」

「そんなもの、聞きたくない」と、ディゴリーは言った。でも、本当は聞きたかったのだ。

「おまえたちがどんな使いでここに来たかはわかっている」と、魔女はつづけた。「ゆうべ森のなかで、おまえたちのすぐそばで、おまえたちの話をすっかり聞いていたのは私だったのだ。おまえはあそこの庭で果実をもいだな。今、そのポケットのなかに入っている。それを味わうことなく、ライオンのところへ持って行こうとしている。ライオンに食べさせ、ライオンに使わせるために。おろか者め。あの果実がなんだか知っているのか。教えてやろう。あれは若さの実だ。命の実だ。私は自分で食べたから、わかっている。そして、すでにこの身に変化が起きており、年をとりもしなければ、死にもしないとわかっているのだ。それを食べてみろ、少年。食べるのだ。そうすれば、おまえと私は永遠に生き、この全世界の王と女王となることができる。あるいは、おまえの世界にもどるなら、おまえの世界の王と女王ともなれる。」

「ごめんだよ」と、ディゴリーは言った。「ぼくのことを知ってる人がみんな死んじゃったあとでも、ずっと生きつづけたいなんて思いやしないさ。それよりも、まっとうに生きて死んで、天国に行くほうがいい。」

「だが、おまえがそんなに愛するふりをしているおまえの母親は、どうなんだ？」

「お母さんがなんだって言うんだ？」

「わからないのか。おろか者め。その実をひと口食べれば、母親の病が治るのだ。その実がポケットにあるじゃないか。私たちは、今ふたりきりだ。ライオンはどこか遠くにいる。さあ、魔法を使って自分の世界にもどれ。一分後には、母親のまくらもとに行って、その実を与えることができる。五分後には、母親の顔に生気がもどってくるのがわかるだろう。母親は、痛みがなくなったと言うだろう。元気になったと言うだろう。それから、また眠りに落ちるだろう。考えてみろ。痛みもなければ、薬も要らない、すてきな自然な眠りが何時間も訪れるのだ。翌日、母親がすっかり元気になったと、みんなが言うだろう。やがて完全に快復して、なにもかもめでたしめでたしだ。おまえの家は、またしあわせになる。おまえは、ほかの子どもと同じようになる。」

「ああ！」ディゴリーは、傷つけられたかのように、あえぎ声をあげ、片手を頭にあてた。最もおそろしい決断をしなければならないとわかったからだ。母親かアスランか、どちらかを選ばなければならないのだ。

「おまえがライオンの奴隷でなければならんとは、ライオンがおまえに、いったいなにをしたというのだ？」と、魔女は言った。「おまえが自分の世界にもどってしまえば、あいつはおまえになにができるというのだ？　おまえが母親の痛みをとって元気をとりもどさせ、おまえの父を大きな悲しみから救ってやれるというのに、そうしようともせずに、なんの関係もない見知らぬ世界でおまえが野獣の使い走りをしていたとわかったら、おまえの母親はどう思うだろうな。」

「あ――あの人は、野獣なんかじゃない。」ディゴリーは、からからに乾いた声で言った。「あの人は――よくわからないけど――」

「では、野獣よりもひどいのだ」と、魔女は言った。「これまでなにをされたか、考えてもみろ。あいつのせいで、どんなにおまえが心ない人間となったか、あいつの言うことを聞くとみんなそうなるのだ。残酷で、無慈悲な子どもよ！　おまえは自分の母親を死なせようとしているのだ。」

「だまれ！」ディゴリーは、さっきと同じ声で、みじめに言った。「ぼくがなにもわかっていないと思うのか。だけど、ぼくは――ぼくは約束したんだ。」

「だが、なにを約束したのか、わかってはいなかった。そして、ここにいるだれも、おまえをとめることはできない。」

「お母さんだって、」ディゴリーは、なんと言っていいかわからないままに言った。「嫌だと思う。約束をやぶってはいけませんって、いつも言ってたもん。それから、ぬすみもいけませんって。そう言ってたもん。やっちゃいけませんって。絶対に、お母さんがここにいたら、そう言うよ。」

「だが、母親に知らせる必要はないのだ。」魔女は、こんなにおそろしい顔からこんなにやさしい声が出てくるとは信じられないほどやさしい声で言った。「おまえがどうやってりんごを手に入れたか告げる必要はない。父親にも、だまっていればよい。おまえの世界のだれひとり、ここで起こったことはなにも知らなくてよいのだ。あの女の子を連れ帰る必要さえないのだ。」

魔女が大失敗をしたのは、ここだった。もちろん、ディゴリーは、自分が容易に移動できるように、ポリーも自分の指輪で帰れることはわかっていた。けれども、どうやら魔女はそのことを知らなかったようだ。そして、ポリーを置いていけと言ったそのことばの卑劣さのせいで、これまで魔女が言ってきたことのすべてがうそっぱちで、うすっぺらだと、ふいにわかったのだった。みじめな思いをしていたディゴリーの頭が、すっとはっきりして（さっきとちがう、もっと大きな声で）、こう言った。

「いいか。そもそも、なんだっておまえが首をつっこんでくるんだ？　なんだっておまえが突然ぼくのお母さんのことをそんなに急に大好きみたいに言うんだ？　おまえになんの関係がある？　なにをたくらんでいるんだ？」

「その調子よ、ディゴリー。」ポリーが耳もとでささやいた。「急いで！　逃げましょポリーがこれまでずっとあえてなにも言おうとしなかったのは、死にかけているのが自分の母親ではなかったからだった。

「よし、行こう！」ディゴリーは、ポリーをフレッジの背中に乗せると、自分も大急ぎでよじ登った。天馬は翼をひろげた。

「行くがよい、おろか者め」と、魔女はさけんだ。「年をとって、弱って死にかけたときに、私のことを思い出すがよい。そして、永遠の若さを手に入れるチャンスを失ったことを思い出せ。そんなチャンスは二度とないのだ。」

三人はもう高く舞いあがっていたので、そのことばはかすかにしか聞こえなかった。魔女は、じっと見あげて時間をむだにしたりはしなかった。子どもたちは、魔女が丘の斜面を北のほうへくだりはじめるのを見た。

その日は、朝早くから出発したし、庭で起こったことも長くはかからなかったから、フレッジとポリーは、夜になる前にナルニアにもどれるねと話し合った。ディゴリーは、帰り道、口をきかなかった。ふたりのほうも、話しかけるのをためらった。ディゴリーはとてもしずんでいて、自分がやったことが正しかったのだろうかと考えていたのだ。しかし、アスランの目に浮かんだ輝く涙を思い出すたびに、これでよかったのだと思った。

一日じゅう、フレッジは、つかれを知らぬ翼でぐんぐん飛びつづけた。道しるべの川に沿って山々を東へぬけ、うっそうとした森の丘を越え、それから大きな滝を越えて、切り立った崖のかげで暗くなったナルニアの森へとどんどん近づいた。そしてとうとう、うしろのほうで空が夕日で真っ赤に染まるころ、川べりにたくさんの生き物たちが集まっている場所が見えてきた。やがて、アスラン自身がそのなかにいるのもわかった。

フレッジは、四本の脚をひろげて、翼を閉じ、ゆっくりと駆け足をしながら着地して、とまった。子どもたちは、天馬の背中からおりた。ディゴリーは、動物たち、こびと、サテュロス、妖精、その他いろいろな生き物たちが、右へ左へしりぞいて自分に道をあけてくれるのを目にした。ディゴリーは、アスランのところまで歩いていき、りんごの実を手わたして、こう言った。

「お求めのりんごをお持ちしました。」

第十四章

植林

「よくやった。」アスランの声で大地がゆれた。こうして、このことばはすべてのナルニアの生き物の耳に入ったこと、そして、この物語がこの新しい世界で親から子へと受けつがれて、何百年何千年、いや、おそらくは永遠に語りつがれていくだろうということがディゴリーにはわかった。しかし、アスランと面とむかっている今、そんなことをほこらしく思ったりしなかったので、ディゴリーがうぬぼれる恐れはなかった。ディゴリーは、こんどこそ、アスランの目をしっかりと見ることができた。これまであったこまったことは忘れ、今はもう、すっかり心が満たされていたのだ。

「よくやった、アダムの息子よ」と、ライオンは、また言った。「この実のために、きみは飢え、渇き、泣いたのだ。きみの手こそが、ナルニアの守りとなるべき木の実を植えねばならない。このりんごを川岸のやわらかい地面へ放りなさい。」

　ディゴリーは、言われたとおりにした。みんなはとても静かになったので、りんごが泥の上に落ちる、やわらかいドスッという音が聞こえた。

「じょうずに投げた」と、アスランが言った。「これより、ナルニアのフランク王とヘレン女王の戴冠式を行う。」

子どもたちは、そこにふたりがいることに初めて気がついた。王と女王は、見たこともない美しい服を身にまとい、肩からは豊かなローブがうしろに流れるようにたれていて、王のうしろには四人のこびとたちが、女王のうしろには川の精の娘たち四人が、そのすそを持っていた。ふたりの頭には、なにもなかった。けれども、ヘレンは、結いあげていた髪の毛をおろしていたので、見ちがえるほど美しく見えた。しかし、かつてのふたりとそれほどちがって見えたのは、髪のせいでも、服のせいでもない。ふたりの顔には、新しい表情があったのだ。とりわけ、王の顔はそうだった。ロンドンの御者をやっていたために顔つきがするどく、ずるがしこく、けんかっぱやい感じになっていたところが、すっかりなくなって、本来あった勇気とやさしさがはっきりと見えるようになっていた。おそらくは、この若い世界の空気のせいでそうなったのだろう。あるいは、アスランと話したからかもしれない。あるいは、両方のせいだったのかもしれない。

「誓って言うが、私のかつての主人の変貌ぶりは、私と同じぐらいなもんだね。」フレッジは、ポリーにささやいた。「いや、これでこそ本物のご主人さまだ。」

「そうね。でも、そんなふうにあたしの耳に息を吹きこまないで。くすぐったいわ。」

「さて」と、アスランが言った。「だれか、あのもつれた木をほどいておくれ。なかになにがあるのか、見てみよう。」

そちらを見やると、かたまって生えている四本の木の枝がすっかりもつれあって、編みあわされて、おりのようになっていた。二頭のゾウが鼻を使い、何人かのこびとたちが小さな斧(おの)でもって、すぐにそれをほどいた。なかには三本の木があった。一本めは、金でできているように見える若い木だった。二本めは、銀でできているように見える若い木だった。三本めは、泥だらけの服を着たあわれな人間で、二本の木のあいだに丸くなってすわっていた。

「うわぁ！」ディゴリーがつぶやいた。「アンドルーおじさんだ。」

こうなったいきさつを説明するためには、少し前にもどらなければならない。覚えていると思うが、獣たちは、おじさんを植えて、水やりをしたのだった。水をかけられて正気にもどったおじさんは、自分がびしょびしょになって、もものところまで地面にうめられていて（地面はたちまち泥になっていた）、生まれてこのかた夢に見たこともないほどのたくさんの野生動物たちにかこまれているのに気づいた。おじさんがさけんで、吼(ほ)えるような声を出したのも、しかたがなかっただろう。それは、ある意味、よいことだった。というのも、おかげで、おじさんが生きていることがみんなにわかったからだ。（イボイノシシにさえ、わかった。）

そこで、みんなはおじさんをまた掘り出したので（ズボンはもうすっかりひどい状態になっていた）、足が自由になったとたん、おじさんは逃げ出そうとしたが、ゾウが鼻をすばやくおじさんの腰に巻きつけたおかげで、それもすぐ止められてしまった。みんなは、アスランがおじさんを見に来て指示を出すまで、おじさんをそのままにしておかなければならないと思った。そこで、おじさんのまわりに枝をからめて、おりというか、ニワトリ小屋のようなものをこしらえたのだ。それから、みんなが思いつく食べられそうなものをなんでもおじさんに与えた。

ロバは、アザミを集めて大きな玉にして投げ入れたが、おじさんはうれしそうではなかった。リスたちは、クルミをつぎからつぎにおじさん目がけて投げつけたが、おじさんはただ両手で頭を抱えて、身を守るようにしただけだった。何羽かの鳥たちが、上空を行き来して、おじさんにどっさり虫を落としてあげた。とりわけ親切なのは、クマだった。この思いやりのある動物は、午後のあいだじゅうあたりを駆けまわって野生のミツバチの巣を見つけ、それを自分で食べる代わりに（本当はそうしたかったのだが）、アンドルーおじさんのところへ持ってきてくれたのだ。しかし、これが最悪な結果となった。クマがこのベトベトするかたまりを檻（おり）のてっぺんにむかってポーンと投げあげると、運悪く、それはおじさんの顔にピシャリと当たったのだ。そのうえ、生き残っているハチたちがいた。クマは、自分ではハチの巣が顔に当たってもまったく気にしないので、どうしておじさんがよたよたとうしろにあとずさりして、ぺたんとしりもちをついたのか、わからなかった。しかも、トゲトゲのアザミの山の上にしりもちをついたのは、おじさんにとって、まったく不幸だった。

「とにかく」と、イボイノシシは言った。「ハチミツがたっぷりあいつの口のなかに入って、よかったじゃないか。」みんなは、この不思議なペットがとても気に入ってきたので、アスランが「このまま飼ってもよい」と言ってくれないかなと思っていた。獣たちのなかの頭のいいものたちは、おじさんの口から出てくる騒音に少しは意味があると、このときにはわかっていた。みんなが、おじさんのことをブランデーと呼ぶことにしたのは、おじさんが何度もそう言っていたからだった。

けれども、ついに夜になって、おじさんをひと晩そこに置いておかなければならなくなった。その日一日じゅう、アスランは、新しい王と女王に指示を与え、そのほかの大切な用事をすませるのにいそがしかったので、「かわいそうなブランデー」にかまってやることはできなかったのだ。クルミや、なしや、りんごや、バナナが投げこまれており、夕食には事欠かなかったが、とてもよい一晩をすごせたとは、おせじにも言えなかった。

「その生き物を連れ出せ」と、アスランが言った。ゾウのなかの一頭が、アンドルーおじさんを鼻で持ちあげて、ライオンの足もとに置いた。おじさんはおびえきっていて、動けなかった。

「どうか、アスラン」と、ポリーが言った。「おじさんに、こわがらなくてもいいのだと教えてあげてくださいませんか。それから、もう二度とここにもどってこないようにと、おっしゃってくださいませんか。」

「もどってきたいと思うだろうか」と、アスラン。

「あのぅ、アスラン」と、ポリー。「だれかほかの者を送りこむかもしれません。街灯からちぎった鉄の棒が街灯の木になったことで、とても興奮していましたから。あの人は考えているんです――」

「その考えは、まったくおろかしいことだ、子どもよ」と、アスランは言った。「この世界はこれから数日、命であふれるが、それは私が歌った《命を呼びおこす歌》がまだ空中に鳴りひびき、地面にこだましているからだ。それも、やがて消えるであろう。この年老いた罪人にそれを告げることはできぬ。また、なぐさめることもできぬ。わが声が聞こえないのは、この者自らのせいなのだ。私が話しかけても、うなり声や吼え声としか聞こえぬであろう。アダムの息子たちよ、きみたち人間は、自分たちのためとなるものを、なんとたくみに自ら遠ざけていることか。しかし、この者に、まだ与えられる唯一の贈り物をしてやろう。」

アスランは、とても悲しそうにその大きな頭をたれて、魔術師のおびえた顔にむかって息を吹きかけた。

「眠れ。眠って、自ら作り出したあらゆるつらさから、数時間のあいだ、離れるがよい。」アンドルーおじさんはただちに目をつぶってゴロリと横になり、安らかな寝息をたてはじめた。

「わきへ運んで、寝かせてやりなさい」と、アスランは言った。「さて、こびとたちよ。その鍛冶の腕前を見せてくれ。きみたちの王と女王のために、二つの王冠を作ってくれ。」

　考えられないほどたくさんのこびとたちが黄金の木のほうへ押し寄せた。そして、あっという間に、その葉っぱをすっかりつみとり、枝の何本かもちぎりとった。すると、それはただ金色に見えていただけではなく、本当にやわらかい金なのだと、子どもたちにはわかった。もちろん、アンドルーおじさんがさかさまにされたときに、おじさんのポケットから落ちた半ポンド金貨から生まれた木だ。銀の木も、半クラウン銀貨から生まれたのだった。どこからともなく、たきぎとなる乾いた木片の束や、小さな金床や、金槌や、火ばさみや、ふいごが出てきた。つぎの瞬間（まあ、なんとこのこびとたちは鍛冶仕事が好きなことだろう）、火が熱く燃え、ふいごがうなり、金が溶け、金槌がカンカンと鳴った。二匹のモグラがその日の朝早くアスランから穴を掘るようにと命じられていたが（穴掘りは、モグラの大得意だ）、そのモグラたちは、こびとたちの足もとに宝石の山を積みあげた。小さな鍛冶職人の器用な指にかかると、二つの王冠がたちまちできあがった。近代のヨーロッパの王冠のような、形の悪い、重たいものではなく、軽くて、繊細で、美しい丸い形をしていたので、実際に身につけることができ、それを戴くと、とてもかっこよく見えたのだ。王の王冠にはルビーがついており、女王の王冠にはエメラルドがついていた。

王冠が川で冷やされたあとで、アスランはフランクとヘレンを前にひざまずかせ、それぞれの頭に王冠を載せてやった。そして、こう言った。

「立つがよい、ナルニアの王と女王よ。ナルニアと、その諸島と、アーチェンランドに生まれる多くの王たちの母と父なるものよ。正しく、慈悲深く、勇敢であれ。祝福がふたりにありますように。」

それから、みんなは万歳をさけび、あるいはいななき、あるいは吠え、あるいは高く鳴き、あるいは翼を打ち鳴らして、王と女王はおごそかに、少しはにかみながら立っていたが、そのつつしみゆえに、なおさら気高く見えた。ディゴリーもまた万歳をさけんでいると、アスランの深い声が、となりでこういうのが聞こえた。

「見なさい！」

そこにいたみんなは、ふり返って、一様におどろきとよろこびの息を大きく吞んだ。少し離れたところに、頭上にそびえ立つように、さっきまでなかった木が立っていた。

それは、みんなが戴冠式に夢中になっているあいだに、静かに、けれども旗をスルスルとあげるときのようにすばやく、大きく生長したにちがいなかった。そのひろがった枝は、かげを落とすよりはむしろ光を放っているようで、銀色のりんごがどの葉の下にも、星のようにきらきらと顔をのぞかせていた。しかし、みんなが深い息を呑んだのは、その光景というよりは、むしろそこから発せられる香りのせいだった。それをかぐと、しばらく、ほかのことはなにも考えられなくなったのだ。

「アダムの息子よ」と、アスランが言った。「きみの植えた種が生長した。そして、ナルニアの諸君、この木を守るのが諸君の最初の仕事だ。この木は、きみたちの盾となる。先ほど話した魔女は、この世の北のかなたへ逃げた。そこで黒魔術をさらにきたえあげて、生きつづけるであろう。しかし、この木が輝くかぎり、ナルニアにやってくることはない。この木から百マイル〔約百六十キロメートル〕のうちに入ってくることはない。きみたちにとって、よろこびであり、命であり、健康となるこの香りが、魔女にとっては、死と恐怖と絶望となるのだ。」

みんながこの木をおごそかな気持ちで見つめていると、アスランはふいにその頭のむきを変えて（そのたてがみから黄金の輝きをまきちらしながら）、その大きな目を子どもたちにむけた。

「どうしたのだ、子どもたち？」

アスランは、子どもたちがささやきあったり、つつきあったりしているようすに気がついたのだ。

「あのぅ、アスラン」と、ディゴリーが真っ赤になって言った。「言い忘れていたことがあります。魔女は、そのりんごをひとつ食べてしまったんです。この木のもとになった木のりんごです。」

ディゴリーは考えていたことをすっかり言えなかったが、ポリーがすぐに代わって話してくれた。（ディゴリーは自分がおろか者に見えることを、ポリーよりもいつも恐れていたのだった。）

「だから、思ったんです、アスラン」と、ポリー。「なにか誤解があるんじゃないでしょうか。魔女はあのりんごの香りが、本当は嫌いじゃないんじゃないかしら。」

「どうしてそう思うのかね、イブの娘よ」と、ライオンがたずねた。

「だって、りんごを食べちゃったんですもの。」

「子どもよ」と、アスランは答えた。「だからこそ、残りすべてのりんごが、魔女にとって恐怖となるのだ。いけないときに、いけないやりかたで、その実をもいで食べた者にはそうなるのだ。実はよいものであるのに、永遠にそれを嫌うことになる。」

「なるほど」と、ポリーは言った。「よくないやりかたで食べてしまったから、よいききめは魔女にはないんですね。つまり、魔女はいつまでも若くいられるわけじゃないってことですね。」

「残念ながら、」と、アスランは首をふった。「ききめはある。物事は常にその性質にしたがって働く。魔女は心の欲望を満たした。つかれを知らぬ力と、女神のような永遠の日々を手に入れたのだ。しかし、邪悪な心で生きながらえる日々は悲惨なものでしかなく、魔女はすでにそれを知りはじめている。だれもが、自ら求めるものを得るのだ。得たものが気に入るとはかぎらない。」

「ぼく――ぼくも、もう少しで食べるところでした、アスラン」と、ディゴリーは言った。「そしたら、ぼくも？」

「そうだ、子どもよ」と、アスランは言った。「あの実には、いつもききめがある。ききめがなくなったりはしない。だが、自らの意志でそれをもぎとった者に、しあわせをもたらしはしない。もし命じられることもないままにナルニア人がりんごをぬすみ、ナルニアを守るためにここに植えたならば、それはナルニアを守りはするだろうが、そのためにナルニアはチャーンのような強力で残酷な帝国となってしまう。私が望むような、心やさしい国ではなく。魔女は、もうひとつ、きみにやらせようとしたことがあるのではないかな、息子よ。」

「はい、アスラン。お母さんのために、りんごを持って帰れと言いました。」

「では、聞きなさい。そのおかげでお母さんは病気が治るであろう。しかし、それできみはよろこべないし、お母さんもよろこべない。やがて、きみとお母さんが昔をふり返って、あの病気にかかったまま死んだほうがよかったと言うときがくるであろう。」

ディゴリーは、なにも言えなかった。というのも、涙でのどがつまってしまい、お母さんの命を助けたいというあらゆる望みをあきらめたからだ。けれども同時に、わかった——ライオンにはどんなことが起こるかすっかりわかっているのだということ、そして最愛の人と死に別れることよりもっとひどいことがこの世にはあるのだということを。けれども、アスランは、また、ほとんどささやくようにこう話しはじめた。

「ぬすまれたりんごでは、そういうことになってしまうのだ、子どもよ。これから起こることは、そうではない。私がきみに与えるものは、よろこびをもたらすだろう。きみの世界で、それは永遠の命を与えはしないが、病を治すことはできる。行きなさい。あの木からりんごをお母さんのために、もいでおいで。」

一瞬、ディゴリーには、アスランの言うことがよくわからなかった。まるで全世界がひっくり返って、さかさまになったような気がした。それから、夢のなかのように、りんごの木まで歩いていくと、王と女王が「がんばれ」と声をかけてくれて、生き物たち全員も声援を送ってくれた。ディゴリーは、りんごをもいで、ポケットに入れた。それから、アスランのもとにもどってきた。

「どうか、もうおうちに帰ってもいいでしょうか。」

ディゴリーは、「ありがとうございます」と言うのを忘れていたが、その気持ちはあったのだ。アスランは、わかってくれていた。

第十五章

この話のおわりと、ほかの話のはじまり

「私がいっしょにいれば、指輪は要らない」と、アスランの声がした。子どもたちは、目をぱちくりさせて、あたりを見まわした。ふたりは、ふたたび《世界のあいだの森》にもどってきていたのだった。アンドルーおじさんが、まだ眠ったまま、芝生に横になっている。アスランがそばに立っていた。

「さあ」と、アスランは言った。「おうちに帰る時間だ。しかし、まず言っておかなければならないことが、ふたつある。警告と命令だ。いいかね、子どもたち。」

よく見ると、芝生に小さな穴があいていて、草におおわれたその穴は、温かくて、乾いていた。

「きみたちが前にここに来たとき」と、アスランは言った。「この穴は池になっており、そこに飛びこめば、死にかけた太陽が輝くチャーンの廃墟の世界へ出たのだった。その池は、もはやない。その世界はおわった。これまで存在すらしなかったかのように、なくなったのだ。アダムとイブの末裔である人間たちは、これを警告と受け取らなければばならない。」

「はい、アスラン」と、ふたりの子どもたちは言った。けれども、ポリーは、こうつけくわえた。

「でも、あたしたちは、その世界ほど悪くはないですよね、アスラン。」

「今はまだそうではない、イブの娘よ」と、アスランは言った。「まだそうではない。だが、きみたちは、それに似てきている。きみたちの種族のうちのだれか邪悪な者が、《ほろびのことば》と同じくらい邪悪な秘密を見つけ出し、あらゆる生き物を破滅させないともかぎらぬのだ。やがて、ごく近い将来、きみたちがおじいさんやおばあさんとなる前に、きみたちの世界の人々は、ジェイディス女王同様、よろこびや正義や慈悲を踏みにじる暴君によって支配されることになるだろう。きみたちの世界は警戒しなければならない。これが警告だ。つぎに、命令だ。できるだけ早く、きみたちのおじさんから魔法の指輪を取りあげて、もう二度とだれも使えないように、うめてしまわなければならない。」

子どもたちはふたりとも、アスランが話しているあいだじゅう、その顔を見あげていた。すると、突然、アスランの顔はうねるような黄金の海に見えてきて（いつそうなったのかよくわからないのだが）、そのなかにふたりは浮かんでいて、ある種のやさしさと力強さ(パワー)が、ふたりのまわりでうねり、ふたりにおおいかぶさり、ふたりのなかへ入ってきたので、こんなにもしあわせな気持ちになったことはないし、自分たちがこんなにもかしこい善人になったことはないと思った。自分たちはこれまで生きていたのだろうか、目覚めていたのだろうかという気にさえなった。その瞬間の記憶は、いつまでも消えなかった。だから、ふたりは生きつづけるかぎり、悲しかったり、こわかったり、怒ったりしたとき、あの黄金のしあわせを思い出し、それがすぐそば――角を曲がったところとか、どこかのドアのうしろ――にあると感じられて、心の奥深くで「だいじょうぶ」と安心できるのだった。つぎの瞬間、三人が（アンドルーおじさんは目をさましていた）ころがり出たのは、ロンドンの騒音と熱気とむっとしたにおいのなかだった。

そこは、ケタリー家の玄関前の歩道の上だった。魔女も、馬も、御者もいなくなっている以外は、なにもかも以前のとおりだった。横棒が一本なくなった街灯が立っており、ばらばらになった馬車の残骸（ざんがい）がある。人だかりもしている。だれもがまだ話をしていて、人々がけがをした警察官のそばにひざまずいて、こんなことを言っていた。「気がついたぞ。」「気分はどうだね、きみ。」「すぐに救急車が来るからな。」

「なんてこった！」と、ディゴリーは思った。「あんなに冒険したのに、ちっとも時間がたっていないんだ。」

たいていの人々はジェイディスと馬をさがして、大さわぎしていた。だれも子どもたちがいなくなったり、帰ってきたりしたことに気づいていなかったから、子どもたちのことを気にする人はいなかった。アンドルーおじさんにいたっては、ズボンはドロドロだし、顔はハチミツだらけなので、そもそもだれだかわからなかった。さいわいなことに、家の玄関はあいていて、お手伝いさんが戸口に立って、この大さわぎをおもしろがって見つめていた。（この娘にとって、なんておもしろい日だったことだろう！）そこで子どもたちは、だれかになにかをたずねられたりする前に、アンドルーおじさんを家のなかにさっと連れこむことができた。

　おじさんは、ふたりよりも先に階段を駈（か）けあがっていったので、子どもたちは最初、おじさんが屋根裏にとんでいって、残りの魔法の指輪をかくそうとでもするのではないかと心配した。けれども、気にすることはなかった。おじさんが考えていたのは、たんすにかくしておいた酒瓶のことであって、すぐに寝室に姿をかくすと、なかから鍵（かぎ）をかけてしまったのだった。ふたたび出てきたときは（それも、わりとすぐに出てきたのだが）、おじさんはナイトガウンをはおって、まっすぐ風呂場（ふろば）にむかっていた。

「きみ、残りの指輪を手に入れられるかな？」と、ディゴリーが言った。「ぼく、お母さんのところへ行きたいんだ。」

「わかったわ。じゃあ、あとでね。」ポリーはそう言うと、屋根裏への階段をパタパタとあがっていった。

それから、ディゴリーは、息を整えると、ゆっくりとお母さんの部屋へ入った。そこでは、これまで何度も見てきたように、お母さんが横になっていて、まくらで上体を起こして、見るたびに泣きたくなるような、やせた青白い顔をしていた。ディゴリーは、命のりんごをポケットから取り出した。

魔女のジェイディスが、私たちの世界では、魔女の世界とちがったふうに見えたのと同じように、あの丘の庭の実も、ちがって見えた。もちろん、この寝室にはいろいろな色をしたものがあった。色のついたベッドカバー、壁紙、窓からさしこむ日光、そしてお母さんのかわいらしい水色のねまき。けれども、ポケットからりんごを取り出したとたん、そうしたものがぜんぶ、まるでなんの色もないように見えたのだ。どれもこれも、日光でさえ、色あせて、くすんでいるように見えた。りんごの輝きは、天井に不思議な光を投げかけた。ほかのものは、なにも見る価値がなくなって、それ以外は見ていられなくなったのだ。若さのりんごの香りをかぐと、まるでこの部屋に、天国へつづく窓が開いたかのように思えた。

「まあ、なんてすてきなの。」ディゴリーのお母さんが言った。

「食べてくれるよね？　おねがい」と、ディゴリーが言った。

「お医者さんがなんと言うかしらね」と、お母さんは答えた。「でも、なんだか、食べられるような気がするわ。」

ディゴリーは皮をむいて、小さく切って、お母さんに一切れずつ、わたした。お母さんはそれを食べると、すぐほほ笑んで、頭をまくらにうずめて眠った。嫌な薬などを使ったものではない、自然な本物のおだやかな眠りだ。それこそが、お母さんになによりも必要だったものなのだと、ディゴリーは考えた。そして、お母さんの顔が少し変わって見えてきたのはまちがいないと思った。ディゴリーはひざまずいて、お母さんにとてもやさしくキスをして、ドキドキしながら、そっと部屋から出ていった。りんごの芯も持って出た。その日はずっと、まわりのものを見ては、ひどくあたりまえで魔法のかかっていないものばかりだと思うたびに、希望がもてない気がしたが、アスランの顔を思い出しては、希望をとりもどした。

夕方、ディゴリーは、りんごの芯を裏庭にうめた。

あくる日の朝、いつものようにお医者さんがやってくると、ディゴリーは、階段の手すりから身を乗り出して、聞き耳をたてた。先生がレティおばさんといっしょに出てきて、こうおっしゃるのが聞こえた。

「ケタリーさん、こんなことは、私が医者をはじめて以来、見たこともないおどろくべきケースですよ。こいつは、まったく奇跡だ。まだぼうやには、なにも言うつもりはありませんがね。がっかりさせちゃいけませんから。しかし、私の意見では――」

それから声は低くなって聞こえなくなった。

その日の午後、ディゴリーは庭に出て、ポリーと取り決めた秘密の合図の口笛を吹いた。(きのうは、その合図を返してもらえなかったのだった。)

「どう?」と、ポリーは、塀のむこうから顔を出して聞いた。「お母さん、どう?」

「多分――多分、だいじょうぶだと思うよ。でも、できれば、その話は、まだしたくないんだ。指輪はどうなった?」

「ぜんぶ手に入れたわ。ほら。もうだいじょうぶよ。あたし、手袋はめてるから。うめちゃいましょう。」

「そうだね。そうしよう。ぼく、きのう、りんごの芯をうめたところに、しるしをつけといたんだ。」

それから、ポリーが塀を越えておりてきて、ふたりでその場所へ行った。けれども、しるしをつけておく必要などなかった。なにかが、もうすでに芽を出していたのだ。ナルニアで新しい木が大きくなったほど目に見える生長ぶりではなかったが、もう地面よりも高くなっていた。ふたりは、シャベルを使って、自分たちの指輪といっしょに、すべての魔法の指輪を、芽のまわりにぐるりとうめた。

一週間して、ディゴリーのお母さんがよくなっていることがはっきりした。二週間ほどすると、お母さんは、庭に出て、すわってすごせるようになった。ひと月たつと、家のようすががらりと変わってきた。レティおばさんは、お母さんが好きなことをなんでもしてくれるようになった。窓が開け放たれ、カビくさいカーテンは引きしぼられて、部屋が明るくなり、あちこちに新しい花が飾られ、食事もおいしいものが出され、古いピアノは調律をされて、お母さんはまた歌を歌うようになり、ディゴリーやポリーといっしょに楽しくあそんだのだった。それを見て、レティおばさんがこう言ったものだった。

「まあ、メイベル、あなたが三人のなかでいちばん大きな赤ちゃんよ。」

　物事がうまくいかなくなると、しばらくごたごたするものだが、ひとたびうまくいくと、どんどんよくなるものだ。このすてきな生活が六週間ほどつづいたあと、インドのお父さんから長い手紙が届いて、すばらしい知らせが書いてあった。カーク家の大叔父（おおおじ）が亡くなって、そのためにどうやらお父さんがとてもお金持ちになったらしいのだ。お父さんは仕事をやめて、インドから家に帰ってきて、ずっと家にいられることになった。そして、ディゴリーが小さいころからいつも話に聞いていたけれども一度も見たことのない、田舎の大きなお屋敷に住むことになった。その大きなお屋敷には、甲冑（かっちゅう）が飾ってあり、馬小屋や犬小屋があり、あたりには、川や、公園や、温室や、ぶどう園や、林や、山々がある。だから、みなさんもそう思うだろうが、ディゴリーは、そこでいつまでもしあわせに暮らせると思ったのだった。でも、きっとみなさんは、もうひとつかふたつ、そのあとなにがあったのか知りたいと思うだろう。

ポリーとディゴリーは、いつまでも大のなかよしで、ポリーはお休みのあいだはしょっちゅう、その美しい大きなお屋敷に泊まりに行った。そこで乗馬や水泳を学び、牛の乳をしぼったり、パンを焼いたり、山登りをしたりしたのだ。

ナルニアでは、獣たちは平和に、楽しく暮らしていた。何百年ものあいだ、魔女やそのほかの敵がこのすばらしい国をおそうことはなかった。フランク王とヘレン女王、そしてその子どもたちは、ナルニアでしあわせに暮らし、ふたりの次男がアーチェンランド国の王となった。男の子たちは水の精の娘たちと結婚し、女の子たちは森の神々や川の神々と結婚した。魔女が植えた（植えたつもりはなかったのだが）街灯は、ナルニアの森を夜も昼も照らしつづけたので、その場所は《街灯の跡地》と呼ばれるようになった。そして何年もしてから、私たちの世界からひとりの子どもがナルニアにまぎれこみ、雪の降る夜に、その街灯の炎がまだ燃えているのに気づくことになる。その冒険は、これまで話してきた冒険につながっている。

それには、こんないきさつがある。ディゴリーが裏庭に植えたりんごの芯から育った木は、りっぱに生長した。その木は、アスランの声も届かなければ、ナルニアの若い空気からも遠い私たちの世界の土で育ったがために、その木の実にディゴリーの母親を元気にしたように死にかけた人をよみがえらせる力はなかったものの、イングランドのどんなりんごよりもきれいな実をつけた。魔力はないにせよ、とてもおいしいりんごだったのだ。木は、その奥深く、いわばその樹液のなかで、ナルニアにあった自分の親である木のことをしっかりと覚えていた。ときどき、風もないのに、木は、ざわざわと不思議なゆれかたをすることがあった。おそらく、そんなとき、ナルニアでは風が強く吹いていたのだろう。その瞬間、ナルニアの木が強い南西風にゆれるのを感じて、イングランドの木もゆれたのにちがいない。けれども、やはり、この木には魔法が残っていたことが、あとでわかった。ディゴリーがすっかり中年になって（ディゴリーはそのころには有名な学者となり、教授となって、あちこち旅をしていた）、ロンドンの古い家がディゴリーの所有となったとき、イングランド南部に大きな嵐がやってきて、この木はたおれてしまった。教授は、切りきざんでたきぎにするにはしのびないと思ったので、その木から洋服だんすを作り、田舎の大きなお屋敷に置いたのだ。教授自身は、そのたんすの魔力に気づくことはなかったが、気づく人が出てくることになる。そうして、ナルニアと私たちの世界との行き来がはじまるのだが、その話は別の巻で読むことができる。

ディゴリーとその家族が、田舎の大きな屋敷に引っ越したとき、アンドルーおじさんも連れていったが、それは、ディゴリーの父親がこう言ったからだ。

「おじさんにいたずらをさせないようにしなければならない。それに、かわいそうなレティにばかり、めんどうをかけるわけにもいかない。」

アンドルーおじさんは、もう二度と魔法に手を出そうとはしなかった。痛い目にあってこりごりして、すっかり年をとってからは、それまでとはちがう、少し思いやりのある老人になった。けれども、ビリヤードのある部屋でお客さんとふたりきりになると、外国の王室の不思議な貴婦人とロンドンじゅうを馬車で走ったお話をいつもしたがった。

「それがまた、悪魔のような女でね」と、アンドルーおじさんは言うのだった。「だけど、まったくいい女だったんだ。まったくいい女だった。」

訳者あとがき

本書は、『馬とその少年』につづいて六番目に刊行されたナルニア国物語（原題は*The Magician's Nephew*）である。訳稿は、角川つばさ文庫より『新訳　ナルニア国物語（6）魔術師のおい』として刊行したものに大幅な改訂を施して作成した。

初版の刊行順では第六巻だが、ナルニア創世を記す内容であり、時間の流れを追うなら最初の物語ということになるため、原書の版権を持つハーパーコリンズ社では、本書をシリーズ第一巻として刊行している。どの順序で読むのがよいかの議論については、角川文庫のシリーズ第一巻『ライオンと魔女と洋服だんす』の「訳者あとがき」に詳細に記したので参考にされたい。

作者C・S・ルイスはもともと『ライオンと魔女と洋服だんす』を一話完結のつもりで一九四九年夏に書きあげたが、友人ロジャー・ランスリン・グリーンから、ナルニアの荒れ地のまんなかになぜ街灯が立つようになったのかと問われて、その問いをおもしろく思い、『ライオンと魔女と洋服だんす』（一九五〇年十月初版）が刊行されるよりも前の一九四九年のうちに、『ライオンと～』に登場するカーク教授の少年時代の冒険物語を書きはじめ、ナルニア創世と荒れ地の街灯の謎を解き明かす仕事に着手した。しかし、「暗すぎる」として没にし、代わりに『カスピアン王子』を書きはじめた。この没となった原稿をルイスの秘書ウォルター・フーパーが発見し、「レフェイ断片」と題し、一九七九年に公表した（Walter Hooper, *Past Watchful Dragons: The Origin, Interpretation, and Appreciation of the Chronicles of Narnia* (1979; rpt. Wipf and Stock: 2007）収録）。「レフェイ」は、アンドルーおじさんの名付け親となった妖精の子孫として言及されるが、「レフェイ断片」ではもう少し重要な役割を果たしている。「レフェイ断片」の内容は次のようなものだ。

　ある日、気取っていて嫌な元学校教師のガートルードおばさん（『銀の椅子』の校長先生に似る）が外出中、病気だったディゴリー（のちのカーク教授）は家の裏の森へ出かけて、古いオークの木と話をする。ディゴリーには、木々や動物と会話をする秘密の能力があるのだ。パタートゥイッグという名前のリスがやってきて、ディゴリーに木の実をおやつとしてくれる（パタートゥイッグはのちに第二巻『カスピアン王子』に登場する）。ある木が、近くに人間がいると教えてくれて、ディゴリーは庭の塀にのぼってあたりを見ると、それはポリーという名前の少女だった。ポリーは庭のすみの小川に浮かべるいかだを作っているところだった。ディゴリーは、もうひとついかだを作ろうと提案する。ポリーがオークの木を切ろうと言い出すので、ディゴリーは恐怖におびえるが、ついにいやがるオークの木の腕を切り落とすことになる。やがて嵐となり、二人の子どもは家に入る。翌日、ガートルードおばさんは、ディゴリーの名付け親のミセス・レフェイがいらっしゃると告げる。その前にディゴリーはオークの木にあやまりに行くが、木々も動物ももはやディゴリーになんの反応もしない。あわてたディゴリーは、混乱のさなかに、ミセス・レフェイと出会う。ミセス・レフェイは、ディゴリーが木々や動物と話せる能力を持っていたが今はそれを失ったことを知っているらしく、ディゴリーに同情しているようだ。ミセス・レフェイは、自分の住所をディゴリーに伝えようとするが、「レフェイ断片」はここで終わっている。

　ルイスは、この書き方ではうまくいかないと断念し、代わりに『カスピアン王子』執筆に着手し、『夜明けのむこう号の航海』、『馬とその少年』と書き進める。『銀の椅子』まで書き終えた一九五〇年末にふたたび本書の執筆に取り組み、四分の三ほど書き進めるが、ロジャー・ランスリン・グリーンから構造上の問題があると指摘されてふたたび頓挫(とんざ)する。そして、一九五三年春に最終巻の『最後の戦い』を書き上げたのちに、ようやく一九五五年五月に本書を上梓(じょうし)するに至ったのである。

　本書の執筆が難航したのは作者自身の伝記的要素が多分に含まれているからではないかと言われている。作者ルイスは、九歳のときに母親を癌(がん)で亡くしており、母を助けたいという少年ディゴリーの思いは、作者の切実な思いを反映していると考えられている。『魔術師のおい』の時代設定は一九〇〇年ごろだが、ルイスは一八九八年生まれであり、少年ディゴリーと年齢的にも重なる。ディゴリーの父親は遠くインドにいるが、ルイスの父親もアイルランドにいて、ルイスも孤独を味わっていた。ディゴリーは算数が苦手なようだが、ルイスはオックスフォード大学入学試験の数学を失敗している。ディゴリーもルイスも大学教授となり、どちらも第二次世界大戦中に疎開児童を家に住まわせている。その際、カーク教授と同様に、子どもの想像力のなさにショックを受けたとルイスは兄への手紙に綴っている。その結果、ルイスは子どもたちのために『ライオンと魔女と洋服だんす』を書こうと決意したのである。

本書の結末を読めば、『ライオンと魔女と洋服だんす』の洋服だんすがなぜナルニアへの入り口となり得たのか、なぜ森のなかに街灯があったのかなどの謎は解けるが、銀色のりんごの木がナルニアを魔女から守りつづけるとアスランは言っていた（193ページ）のに、『ライオンと魔女と洋服だんす』ではなぜ魔女がナルニアを支配しているのか、りんごの木はどうなってしまったかは語られない。

この点については、前述のウォルター・フーパーの本に記載されたルイス自らが作成した「ナルニア年代史」が参考になるだろう。物語のなかで語られない年号が、ルイスによってつぎのようにまとめられている。

ナルニア年	ナルニア	英国年	英国
		1888	ディゴリー・カーク誕生。
		1889	ポリー・プラマー誕生。
元年	ナルニア創世。獣たち、ものが言えるようになる。ディゴリーが《守りの木》植林。白の魔女ジェイディスがナルニアに入るが、極北へ逃亡。フランク一世、ナルニア王となる。	1900	ポリーとディゴリーが魔法の指輪でナルニアへ。
180	フランク五世の年少の息子コル王子がアーチェンランド（当時は無人）へ供を率いて入り、その国の初代王となる。		
204	アーチェンランドの無法者らが南の砂漠を横切って新たなカロールメン国を打ち建てる。	1927	ピーター・ペベンシー誕生。
		1928	スーザン・ペベンシー誕生。
300	カロールメン帝国、強大に拡張し、ナルニアの西のテルマール国を植民地とする。	1930	エドマンド・ペベンシー誕生。
		1932	ルーシー・ペベンシー誕生。

年	出来事
302	テルマール国のカロールメン人が邪悪な振る舞いをしたため、アスランは彼らをもの言わぬ獣に変える。国は荒野化。ナルニアのゲイル王がローン諸島をドラゴンから救い、感謝したローン諸島民により、ローン諸島皇帝となる。
407	アーチェンランドの青年オルヴァンが巨人パイアを殺す。
460	私たちの世界からやって来た海賊がテルマール国を占拠。
570	この頃ウサギのムーンウッドが生きていた。
898	白の魔女ジェイディスが極北からナルニアへ戻る。
900	長い冬が始まる。
1000	ペベンシーきょうだいがナルニアへやってくる。エドマンドの裏切り。アスランの犠牲。白の魔女が敗北し、長い冬が終わる。ピーターがナルニアの最大の王となる。
1933	ユースタス・スクラブとジル・ポウル誕生。
1940	ディゴリー（現カーク教授）の屋敷でペベンシーきょうだいは、魔法のたんすを通ってナルニアへ行く。

1014	ピーター王が北の巨人たちをこらしめる。スーザン女王とエドマンド王はカロールメン国を訪問。アーチェンランド国のルーン王は長く行方不明だったコール王子を発見し、カロールメン国のラバダッシュ王子の卑劣な攻撃を撃退。
1015	ペベンシーきょうだいが白鹿の狩りの最中、ナルニアから消える。
1050	アーチェンランド国王としてコール王の跡をラム大王が継ぐ。
1502	この頃ナルニアにスワンホワイト女王が暮らす。
1998	テルマール人がナルニアに侵攻し征服。カスピアン一世がナルニア王となる。
2290	カスピアン九世の息子カスピアン王子誕生。九世王は弟のミラーズに殺され、王位を簒奪（さんだつ）される。
2303	カスピアン王子は叔父ミラーズから逃亡。ナルニア内乱。アスランの助けと、カスピアンがスーザン女王の魔法の角笛で呼び寄せたペベンシーきょうだいの助けにより、ミラーズは倒される。カスピアンはナルニア王カスピアン十世となる。
1941	ペベンシーきょうだいは魔法の角笛に呼ばれて、ふたたびナルニアへ。

2304	カスピアン十世は北方の巨人たちを倒す。		
2306－7	カスピアン十世、世界の果てを目指す航海へ。	1942	エドマンド、ルーシー、ユースタスが再度ナルニアへ。カスピアンの航海に参加。
2310	カスピアン十世、ラマンドゥの娘と結婚。		
2325	リリアン王子誕生。		
2345	王妃が蛇に殺される。リリアン行方不明に。		
2356	ユースタスとジルがナルニアに現れ、リリアン王子を救出。カスピアン十世死去。	1942	ユースタスとジル、実験校からナルニアへ運ばれる。
2534	《街灯の跡地》で無法者ら暴れる。その一帯を守るために塔が複数建てられる。		
2555	サルのシフトの叛乱(はんらん)。ティリアン王がユースタスとジルに救出される。ナルニアはカロールメン国人の手に。最後の戦い。ナルニアの終わり。世界の終わり。	1949	英国鉄道で大事故。

この表によれば、８９８年に白の魔女ジェイディスがナルニアに戻ってきているので、それまでに《守りの木》は枯れたか倒れたかしたと考えざるを得ない。九百年近くよくナルニアを守ってくれたと考えるべきなのだろう。

この表は作者が作成したとはいえ——あるいは、研究者なら考えられない、作者ならではの、と言うべきか——うっかりミスがいくつかある。表によれば、エドマンドは１９３０年生まれ、ルーシーは１９３２年生まれとなっているが、『ライオンと魔女と洋服だんす』50ページに、エドマンドとルーシーは「たったひとつちがい」と書いたのを忘れたのであろう。また、表に基づけば、カーク教授は、『ライオンと魔女と洋服だんす』が設定されている１９４０年の時点で52歳ということになるが、その最初のページにある「教授はとても高齢で、頭はもちろん、顔までぼさぼさの白髪でおおわれていた」という描写ほど高齢ではないことになる。まあ、このあたりはご愛敬ということで、あまり拘泥する必要はないだろう。

それよりも重要なのは、本書が、キリスト教における天地創造、原罪、誘惑、禁断の果実、ノアの方舟といったテーマを自由にアレンジしながらファンタジーの世界に組みこんでいる点にある。禁断の果実を銀色のりんごとしたり（ちなみに聖書には「りんご」とする明確な記述はない）、動物の誕生は描いても人間の誕生は描かなかったり、天地創造の瞬間を歌声を中心とした感覚的な——中世的宇宙観に近い——イメージでとらえたりと、中世文化研究家でもあるルイスらしい描写が特徴的だ。《世界のあいだの森》という概念を描くために、わざわざ長屋の梁(はり)の上の通路を通って冒険をはじめる設定にしているところもおもしろい。この概念は、ウィリアム・モリスのファンタジー小説『世界のかなたの森』という題名や、モリスのもうひとつの小説『世界のはての泉』からの影響があるという説もあるが、デイヴィッド・C・ダウニングによれば、十代にルイスが愛読していたアルジャーノン・ブラックウッドの小説『ポール伯父の参入』（一九〇九）にある描写に酷似しているという。ダウニングのまとめによれば、少女ニキシーとポールおじさん（45歳）が芝生で寝ころんで雲をながめていると、地面にしずみこむ感じがして、気づいてみると、ふたりはゆっくり流れる川のある静かな林に来ており、ニキシーが「ふたりいっしょの夢を見ている」と言うと、ポールは「世界のかなた」に来たのだと言う。ポールはこの経験について考え、自分のなかに、自分が望むものがすべて実現する場所があるのだと気づく。それは創造的な想像力が働くところなのだ。それは「昨日と明日(あした)のあいだの割れ目」であり、年をとるにつれてその割れ目は小さくなるが、子どもの心を持つポールはまだ入りこめる。その場所は、子どもの心がどこへでもさまよえる無時間の、死のない世界なのだ（David C. Downing, *Into the Wardrobe* (Wheaton, Illinois: Jossey-Bass, 2005), pp. 59-61）。十七歳のときルイスが友人のアーサー・グリーヴズに手紙を書いて、この本をほめあげたときに「ニキシーとポールおじさんが一緒に夢を見て古代の森へ行く」という表現をしているのも気になるところだ。このころから、古代や中世に惹(ひ)かれていたのだろう。

それに対して、現代に対しての警戒心は強い。ドキリとさせられるのは、本書に出てくる《ほろびのことば》という、それを言うと世界が崩壊するというおそろしい呪文(じゅもん)への言及だ。アスランは物語の最後で、警告をする。

> きみたちの種族のうちのだれか邪悪な者が、《ほろびのことば》と同じくらい邪悪な秘密を見つけ出し、あらゆる生き物を破滅させないともかぎらぬのだ。やがて、ごく近い将来、きみたちがおじいさんやおばあさんとなる前に、きみたちの世界の人々は、ジェイディス女王同様、よろこびや正義や慈悲を踏みにじる暴君によって支配されることになるだろう。きみたちの世界は警戒しなければならない。
>
> （199ページ）

これは、核戦争のことを言っているように読める。日本は、原子爆弾という《ほろびのことば》によって、広島と長崎の二つの都市を一瞬にして失った。ところが、いまだに世界の強大国は、核兵器を保有しておびやかしあっている。アスランは言う。

「きみたち人間は、自分たちのためとなるものを、なんとたくみに自ら遠ざけていることか」（190ページ）。たがいに助け合い、しあわせに暮らせる技術や知恵をもちながら、《ほろびのことば》をも欲するというのでは、私たちは邪悪な魔女となんら変わらないのではないか。

この問題は、単なる「物語」のなかにとどまることではない。アスランの警告は、私たちの人生に直接関わってくることだ。人間という種族が《ほろびのことば》を一刻も早く捨てることを祈ってやまない。

さて、次のナルニア国物語第七巻は、いよいよ最終巻である。ナルニア・ファンをあっと言わせる驚きの最終巻だ。アスランが警告した「世界の終わり」がついにやってくる。聖書に記されたように反キリスト（アンチ）が出現するのである。

時代は、この「訳者あとがき」に掲載した年表の最後の欄に記されたナルニア年2555年。そこに「サルのシフトの叛乱」とあるが、このサルのシフトというのが悪いやつで、こいつのせいで偽アスランこと反キリストが生まれてしまう。

そのときのナルニア国の王ティリアンは、第四巻『銀の椅子』で救出されたリリアン王子の曾孫（ひまご）の曾孫である。アスランが現れたかと喜んでいたティリアン王は、いつのまにかナルニアがカロールメン国に支配され、ものを言う木々が切り倒され、しゃべる馬たちが奴隷のように働かされていることに驚き、怒り、剣を抜く。しかし、それがアスランの意向であるならと、自ら武器を放棄し、捕らえられてしまう。

王を助けに現れるのは、『銀の椅子』で活躍したジルとユースタスだ。二人の活躍により、偽アスランの謎は解けるが、カロールメン国の邪悪な神タシュまで登場して、ナルニアは絶体絶命の危機に瀕してしまう。

最後には、ピーター王、エドマンド王、ルーシー女王のほか、本巻で活躍したポリー・プラマーとディゴリー・カークも年配の人物となって登場し、われらがネズミの騎士リーピチープもその姿を見せる。そして、もちろん、アスランも。

だが、アスランとともに皆が経験したことは、誰も想像していないことだった。シリーズが終結する迫力の第七巻をお楽しみに。

二〇二三年二月

河合祥一郎

本書は二〇二〇年九月に小社より刊行された角川つばさ文庫（児童向け）を一般向けに加筆修正したうえ、新たに文庫化したものです。
本書には、一部差別的ともとれる表現がふくまれていますが、作者が故人であること、作品が発表された当時の時代背景、文学性や芸術性などを考慮し、原文をそのまま訳して掲載しています。

（編集部）

本文デザイン／大原由衣

新訳
ナルニア国物語6
魔術師のおい

C・S・ルイス　河合祥一郎＝訳

令和5年 3月25日　初版発行

発行者●山下直久

発行●株式会社KADOKAWA
〒102-8177　東京都千代田区富士見2-13-3
電話　0570-002-301（ナビダイヤル）

角川文庫 23596

印刷所●株式会社暁印刷
製本所●本間製本株式会社

表紙画●和田三造

●お問い合わせ
https://www.kadokawa.co.jp/（「お問い合わせ」へお進みください）
※内容によっては、お答えできない場合があります。
※サポートは日本国内のみとさせていただきます。
※Japanese text only

ISBN 978-4-04-110858-1　C0197

角川文庫発刊に際して

角川源義

第二次世界大戦の敗北は、軍事力の敗北であった以上に、私たちの若い文化力の敗退であった。私たちの文化が戦争に対して如何に無力であり、単なるあだ花に過ぎなかったかを、私たちは身を以て体験し痛感した。西洋近代文化の摂取にとって、明治以後八十年の歳月は決して短かすぎたとは言えない。にもかかわらず、近代文化の伝統を確立し、自由な批判と柔軟な良識に富む文化層として自らを形成することに私たちは失敗して来た。そしてこれは、各層への文化の普及滲透を任務とする出版人の責任でもあった。

一九四五年以来、私たちは再び振出しに戻り、第一歩から踏み出すことを余儀なくされた。これは大きな不幸ではあるが、反面、これまでの混沌・未熟・歪曲の中にあった我が国の文化に秩序と確たる基礎を齎らすためには絶好の機会でもある。角川書店は、このような祖国の文化的危機にあたり、微力をも顧みず再建の礎石たるべき抱負と決意とをもって出発したが、ここに創立以来の念願を果すべく角川文庫を発刊する。これまで刊行されたあらゆる全集叢書文庫類の長所と短所とを検討し、古今東西の不朽の典籍を、良心的編集のもとに、廉価に、そして書架にふさわしい美本として、多くのひとびとに提供しようとする。しかし私たちは徒らに百科全書的な知識のジレッタントを作ることを目的とせず、あくまで祖国の文化に秩序と再建への道を示し、この文庫を角川書店の栄ある事業として、今後永久に継続発展せしめ、学芸と教養との殿堂として大成せんことを期したい。多くの読書子の愛情ある忠言と支持とによって、この希望と抱負とを完遂せしめられんことを願う。

一九四九年五月三日